TOUTES PARFAITES...

L'auteur

Marilyn Kaye est née en 1949 dans le Connecticut et a grandi à Atlanta. Après avoir travaillé dans une librairie spécialisée dans la littérature de jeunesse, elle est devenue professeur de lettres à l'université St. John de New York. Auteur prolifique, elle a déjà publié de nombreux ouvrages pour la jeunesse.

Vous aimez les livres de la série

REPLICA

Écrivez-nous
pour nous faire partager votre enthousiasme :
Pocket Jeunesse, 12, avenue d'Italie, 75013 Paris.

REPLICA

Marilyn Kaye

Toutes parfaites...

*Traduit de l'américain par Christine Bouchareine
et adapté par Isabelle Saint-Martin*

POCKET
jeunesse

Titre original :
Perfect Girls

Publié avec l'accord de Bantam Doubleday Dell, Books For
Young Readers, un département de Bantam Doubleday Dell
Publishing Group, Inc., New York, États-Unis.

Loi n° 49 956 du 16 juillet 1949 sur les publications destinées à
la jeunesse : mars 2001.

© 1999, Marilyn Kaye.
© 2001, éditions Pocket Jeunesse,
un département de Havas Poche, pour la traduction française
et la présente édition.

ISBN : 2-266-09007-0

Tu crois être unique au monde ?

Tu penses vraiment être
l'enfant de ta mère ?

Tu ne comprends pas bien
les transformations
qui bouleversent ton corps ?

Attention, la vérité sur tes origines
va balayer toutes tes certitudes.

Prends garde à toi : tu es en danger...

Tu n'es peut-être qu'une...

À mon amie et complice, Samantha Wylde Lang

NOTE DU DIRECTEUR

Réf. Croissant, phase II
Fin des préparatifs pour la rencontre de New York.
Huit sujets à étudier.

1

Amy ouvrit la porte d'entrée avant même que son amie Natasha ait eu le temps de frapper.

— Je m'en vais, maman, cria-t-elle. Natasha est là !

— Bonne journée, les filles !

— Bonne journée... répéta Natasha, l'air morose. Le lundi, tu parles d'une bonne journée !

— Moi, j'aime bien le lundi ! rétorqua Amy. En plus, n'oublie pas qu'aujourd'hui on se voit à treize heures. On a une réunion.

Le visage de Natasha s'éclaira.

— Super ! Ça me fait sauter la gym. Et toi, tu rates quoi ?

— Pas de pot, littérature. Ma matière préférée.

Soudain Amy se tut, puis posa une main sur le bras de Natasha.

— Tiens, j'entends Éric.

— Tu l'entends sortir de la maison ou se lever ?

Amy éclata de rire.

— Je ne peux pas te dire ce qu'il fait exactement. Mon ouïe n'est pas fine à ce point.

— Alors, tu perçois aussi ce qui se passe chez nous ? Quand je téléphone de ma chambre, par exemple, tu sais ce que je dis ?

— Tu délires, Natasha ! Tu as peur que je ne découvre quelque chose ?

— Allez, s'entêta Natasha, tu entends à travers les murs, oui ou non ?

— Parfois, reconnut Amy. Ça dépend de l'épaisseur des cloisons et de l'intensité du son. Et puis, ça ne vient pas tout seul, il faut que je me concentre.

— Voilà pourquoi tu devines toujours quand mon frère est dans les parages !

— Chut ! la supplia Amy.

Éric n'avait sûrement pas l'ouïe aussi fine mais il n'était pas sourd pour autant. Et il arrivait juste derrière elles.

— Il n'y aurait pas une réunion d'information, aujourd'hui ?

— Une réunion de sensibilisation, corrigea Natasha. À treize heures.

— Dans ce cas, pas d'espagnol, dit Éric en

poussant un soupir de soulagement. Tant mieux, j'avais oublié de faire mes devoirs.

— Comment ça peut t'arriver, un truc pareil ? s'étonna Natasha. Tu ne les notes pas dans ton cahier de textes ?

— Si, mais je ne pense pas toujours à le regarder. Hé, on n'est pas tous parfaits, tu sais !

Natasha lui jeta un regard dédaigneux.

— Moi, je vérifie mon cahier de textes tous les soirs et je ne suis pas parfaite.

— C'est clair ! Tiens, Amy, tu ne pourrais pas transmettre un peu de ton super-matériel génétique à ma sœur ?

Amy était habituée aux taquineries d'Éric, qui ne la froissaient guère. Tant que celles-ci ne tombaient pas dans des oreilles ennemies...

— Pourquoi est-ce qu'on appelle ça des réunions de sensibilisation ? demanda-t-elle pour changer de sujet.

— Parce qu'elles nous sensibilisent, justement, à des sujets auxquels nous ne pensons pas, répondit Natasha. Comme le recyclage, par exemple. Je ne savais pas que les bouteilles en plastique pouvaient durer éternellement.

— Moi, la semaine dernière, ça m'a passionnée, reprit vivement Amy.

— C'était sur quoi ? s'enquit Éric.

— Sur la façon dont les sourds communiquent entre eux. Une dame nous a expliqué le fonctionnement du langage des signes et nous a montré comment elle lisait sur les lèvres. Tu n'as pas adoré quand elle a vu Jeanine dire à sa voisine que la réunion était barbante ? Et que l'interprète l'a répété à voix haute ? La honte ! À sa place, je serais morte.

— Malheureusement, elle est toujours bien vivante, soupira Natasha.

— Qu'est-ce qu'elle t'a encore fait, Amy ? demanda Éric.

— Comme d'hab. Elle ne supporte pas que j'aie de meilleures notes qu'elle, de plus belles chaussures...

— Et le concours de dissertation ? intervint Natasha.

Amy hocha la tête.

— Oui, c'est vrai. Mme Weller a invité certains élèves à participer au Concours national de dissertation. On avait une heure pour écrire sur un sujet imposé, sans aucune préparation.

— Quand saurez-vous qui a gagné ?

— Je l'ignore. Tous les essais ont été envoyés à des correcteurs qui choisiront les demi-finalistes. On devait traiter de l'importance du groupe dans la vie des jeunes. J'ai décrit comment les bandes se forment, quel mal se donnent certains pour en faire partie...

— Jeanine risque d'avoir un avantage sur toi... dit Natasha. Regarde-la.

À l'entrée du collège de Parkside, Jeanine Bryant trônait au milieu d'élèves assis sur les marches du perron.

— Depuis qu'elle sort avec eux, elle copie tout ce qu'ils font, continua Natasha. Vous avez remarqué sa mèche rouge, la semaine dernière ?

— Difficile de ne pas la voir, s'esclaffa Éric.

— C'est qui, sa bande ? demanda Amy. Je n'en connais aucun.

— Des élèves de quatrième et de troisième, répondit Natasha, toujours au courant des potins de l'école.

Les deux filles interrogèrent Éric du regard. Il était en troisième, il pourrait peut-être les renseigner.

— Je ne sais pas trop. Ce ne sont pas des accros de sport, ni des toxicos ni des tarés. C'est juste une bande qui a la cote en ce moment.

Comme ils montaient l'escalier, Jeanine haussa la voix.

— La soirée de samedi était mortelle ! Tous les gens cool étaient là. Et ça c'était top.

Amy leva les yeux au ciel. À l'évidence, Jeanine voulait qu'on l'entende. Cette peste devait la croire jalouse de sa popularité. Eh bien, elle se mettait le doigt dans l'œil. Amy préférait n'avoir que deux ou trois amis, mais des vrais.

Cependant, elle espérait bien battre Jeanine au concours de dissertation...

Lorsque Amy rejoignit Natasha au gymnase où se tenait la réunion, elle savait qu'Éric se trouvait quelque part en haut des gradins avec sa classe. Pas question de s'installer à côté de lui, même si elle en mourait d'envie. Les quatrièmes avaient droit au bas des gradins. Natasha et Amy se dirigèrent, elles, vers les rangées de chaises attribuées aux cinquièmes. Des cris fusaient : « Lisa, par ici ! », « Désolé, cette place est prise »...

— Non mais, écoute-les ! fit Natasha. Ils sont enragés ou quoi ?

— Quel cirque ! approuva Amy en s'asseyant à côté d'elle.

Elle tenta de repérer Jeanine. Celle-ci aurait-elle le cran d'abandonner le rang des cinquièmes pour rejoindre sa bande ? Non, elle était sagement assise à l'autre bout de la première rangée, à côté de sa grande amie Linda Riviera.

Alors qu'elle se penchait pour en faire la remarque à Natasha, Amy vit que celle-ci se grattait le poignet, sous sa montre.

— Qu'est-ce qui t'arrive ?

Sa peau était couverte de petits points rouges.

— Je suis allergique au nickel.

— Mais tu la portes tout le temps, cette montre. Elle ne te gêne que maintenant ? Je croyais que c'était de l'argent ?

— Juste du plaqué. L'argent s'est usé. Regarde, il y a une tache noire, là. Ce doit être du nickel en dessous.

— Et tu continues à la porter ?

— Je me sens toute nue sans elle, soupira tristement Natasha. Toi, tu n'es allergique à rien, bien sûr ?

— Non, à rien, reconnut Amy.

Elle avait peu de bijoux, juste sa montre et la bague que sa mère lui avait offerte pour ses douze ans. Et son pendentif, bien sûr.

Elle effleura du bout des doigts le petit croissant de lune accroché à sa chaîne en argent.

La principale, Mme Noble, tapota sur le micro.

— Un peu de silence, s'il vous plaît ! Merci. Bienvenue à notre réunion de sensibilisation. Nous allons aborder un sujet très grave. Nous sommes frappés par un nouveau fléau, une maladie qui menace de détruire toute votre génération. Une tueuse sans merci qui s'infiltre dans notre société et s'attaque surtout aux adolescents.

Tous attendaient, suspendus à ses lèvres.

— Je veux parler, bien évidemment, de... la drogue.

Des murmures s'élevèrent. Certains poussèrent des soupirs de soulagement. La drogue, ce n'était pas nouveau. On leur en parlait depuis la maternelle. Du reste, à Parkside, ça ne circulait pas vraiment.

On vit se succéder un médecin, un officier de police et un psychologue spécialiste de la toxicomanie. Mais, ce qu'ils disaient, les élèves l'avaient entendu des centaines de fois.

— J'ai déjà vu ce gars quelque part, observa Amy à l'entrée du dernier intervenant.

— C'est un acteur. Il jouait dans le feuilleton à l'eau de rose qu'on aimait bien, dit Natasha. Je croyais qu'il s'était noyé... En tout cas, il a disparu et je ne l'ai plus jamais vu à la télé depuis...

En fait, l'acteur avait sombré dans la drogue. Il leur raconta qu'au début il se dopait pour pouvoir faire la fête la nuit et tourner les séries télévisées le jour.

— Je gagnais beaucoup d'argent à cette époque, mais je dépensais tout dans la drogue. Et bien sûr, mon métier en a souffert. J'ai été renvoyé. Ça m'a tellement déprimé que j'ai augmenté les doses. Et quand cette drogue ne m'a plus fait d'effet, j'en ai essayé d'autres.

16

La dernière avait été la pire de toutes.

— Elle est surtout connue sous le nom de « Toast », poursuivait l'acteur. Il paraît qu'on l'appelle comme ça parce qu'elle sent le toast à la cannelle. Moi, je pense que c'est parce qu'une fois qu'on l'a essayée on est grillé.

Il expliqua comment le Toast lui avait coûté sa carrière, sa petite amie et sa maison ; il s'était retrouvé mourant, à l'hôpital. Puis il avait suivi une cure éprouvante de désintoxication et maintenant il était guéri. Son auditoire ne dressa l'oreille que lorsqu'il décrivit les effets concrets de la drogue.

— On transpire, l'estomac se retourne, on vomit et on s'arrache les cheveux.

Il fut poliment applaudi et, dans un brouhaha général, les élèves ramassèrent leurs affaires.

— Avant de reprendre les cours, ajouta Mme Noble, Mme Weller souhaiterait vous dire un mot.

— Il s'agit peut-être du concours de dissertation, murmura Amy.

Elle jeta un coup d'œil en direction de Jeanine qui apparemment pensait la même chose.

— Elle va annoncer qui a remporté le concours, disait celle-ci à Linda.

Jeanine était-elle au courant ou n'était-ce qu'une simple supposition ? se demanda Amy.

Puis elle se rendit compte que, même avec ses dons, elle n'avait pu l'entendre à une telle distance.

— Hé, je crois que je sais lire sur les lèvres maintenant, chuchota-t-elle à Natasha.

Celle-ci n'en parut pas surprise. Elle savait qu'il suffisait que son amie voie quelque chose une fois pour pouvoir l'imiter à la perfection.

Mme Weller vint au micro.

— J'ai le grand plaisir de vous annoncer que non pas un mais deux élèves de Parkside ont été sélectionnés pour la finale du Concours national de dissertation ! Ces deux élèves de cinquième iront à New York, tous frais payés, pour la finale. Félicitations à Jeanine Bryant et à Amy Candler !

Natasha laissa échapper un cri de joie tandis que les élèves applaudissaient. Amy sentit que Jeanine la regardait. Était-elle furieuse de devoir partager cette récompense ? Amy, elle, s'en moquait. Elle était folle de bonheur à l'idée d'aller à New York.

— Que dira ta mère ? demanda Natasha alors qu'elles quittaient le gymnase.

— Tout ce qu'elle redoute, c'est que je devienne une championne internationale et que j'aie ma photo sur les boîtes de céréales. Mais

18

là, rien à craindre. Ce n'est pas un concours de dissertation qui me rendra célèbre.

Cependant, Amy pressentait que sa mère ne serait pas ravie. Nancy ne voulait pas que sa fille participe à des compétitions sportives ou culturelles. Car Amy était toujours la meilleure. Et elle savait bien que les gens finiraient par se poser des questions.

2

— Oh, Amy ! soupira Nancy en se laissant tomber sur une chaise.

— Maman ! Tu n'es pas fière de moi ? Une mère normale féliciterait sa fille.

— Une mère normale d'un enfant normal. Combien de fois t'ai-je dit...

— Je sais, je sais, la coupa Amy. Je ne dois pas me distinguer des autres ni me faire remarquer.

— C'est pour ton bien, ma chérie. Il y a des gens qui te recherchent.

— Attends ! Je ne suis pas la seule finaliste du collège.

— Ah bon ? s'étonna sa mère.

— Jeanine Bryant a été sélectionnée, elle aussi.

Pour une fois, sa rivale lui paraissait sympathique. Le regard de Nancy devenait déjà moins désapprobateur.

— En plus, personne ne s'intéresse à ce genre de concours, continua Amy sur sa lancée. Au fait, Mme Weller m'a dit de te donner ça, ajouta-t-elle en sortant une brochure de son sac. On y explique le déroulement des épreuves. Et il y a une autorisation que tu dois signer.

Nancy soupira. Elle consentit néanmoins à feuilleter la brochure.

— New York ? s'exclama-t-elle soudain. La finale est à New York ?

— Je ne te l'avais pas dit ? demanda Amy d'une voix innocente.

— Non, ma chérie, répondit sa mère un peu sèchement.

— Tous les frais sont payés pour le candidat et un de ses parents, s'empressa de souligner Amy. Le vol pour New York et le séjour dans un grand hôtel, tout est gratuit. On aura droit à une visite de la ville, à un tour en bateau et à des places pour une vraie comédie musicale à Broadway ! Maman, je ne suis jamais allée à New York !

— Tu n'as que douze ans ! Moi non plus, à ton âge, je n'y étais pas encore allée.

— On ne peut pas laisser passer une chance pareille ! Réfléchis, maman ! La statue de la Liberté, Chinatown, les magasins... sans compter plein d'occasions de s'instruire. Les musées et tout ça. Et puis je te promets de tout faire pour ne pas gagner.

Nancy cédait peu à peu, lisant la brochure avec plus d'attention.

Mais, soudain, elle fronça les sourcils.

— La semaine du 18 ?

— Ce sont les vacances de printemps. Ça ne me fera même pas manquer l'école.

— Et ma conférence ? objecta Nancy d'un air navré. Je t'en ai déjà parlé.

— Ta conférence en Afrique ?

— Je suis désolée, ma chérie. Je me suis engagée. Je dois présenter un exposé sur la biologie moléculaire, tu le sais bien.

Comment, avec sa mémoire exceptionnelle, Amy avait-elle pu l'oublier ? Sa mère avait passé de longues heures au laboratoire de l'université à faire des recherches pour ce rapport.

— Tu n'es peut-être pas obligée de m'accompagner, hasarda-t-elle sans trop y croire.

Jamais sa mère ne la laisserait partir seule à New York.

— Ce concours a-t-il tant d'importance pour toi ? demanda celle-ci avec douceur.

Terriblement déçue, Amy n'osait cependant insister. Elle ne comprenait que trop.

— C'était surtout le fait d'aller à New York qui me plaisait, murmura-t-elle, désespérée.

Elle imaginait déjà la mine ravie de Jeanine quand elle lui apprendrait qu'elle ne participait pas au concours.

— Nous pourrions peut-être partir en vacances à New York l'été prochain, proposa Nancy. Qu'en dis-tu ?

— Ça serait génial, répondit Amy en se forçant à sourire.

Elles avaient des invités, ce soir-là : la famille Morgan au grand complet. Amy avait décidé de faire un dessert, une tarte aux pépites de chocolat nappée de caramel. Ça devrait plaire à Éric. Elle s'attela à la tâche et se mit à malaxer rageusement la pâte.

Natasha, Éric et leurs parents arrivèrent à sept heures pile. Pendant que Nancy servait l'apéritif, Amy entraîna ses deux amis à la cuisine pour qu'ils l'aident à mettre le couvert. Elle leur apprit aussitôt la mauvaise nouvelle.

— Je te l'avais dit, fit Natasha, désolée.

— C'est nul ! commenta sobrement Éric.

— Regarde plutôt le bon côté des choses, reprit Natasha.

— Il y en a un ?

— Je reste là. On pourra passer les vacances ensemble.

Étant donné qu'elles ne se quittaient jamais,

cette perspective n'avait rien de particulièrement exaltant. Amy fit néanmoins contre mauvaise fortune bon cœur.

— S'il fait assez chaud, on pourra aller à la plage.

— Je serai là, moi aussi, intervint alors Éric.

Amy et Natasha le dévisagèrent, surprises.

— Et ton camping ?

— Kyle a eu des mauvaises notes et, du coup, il est privé de sortie. Je n'ai aucune envie de camper tout seul.

— En plus, ça m'étonnerait que maman te laisse partir sans lui, ajouta Natasha.

— Si tu veux, Amy, continua-t-il, je t'apprendrai à jouer au bowling. Je me demande si tu serais capable de faire une partie de dix coups.

— Je pourrais essayer.

— Cool.

Ils ne se quittaient plus des yeux. Natasha poussa un soupir excédé et prit la pile d'assiettes.

— J'espère que je ne vais pas trop vous manquer, dit-elle en quittant la cuisine.

Amy esquissa un sourire. Bien des garçons n'auraient pu supporter que leur petite amie fasse tout mieux qu'eux. Mais Éric avait la simplicité de s'en accommoder.

Il jeta un rapide coup d'œil par-dessus son

épaule pour s'assurer que Natasha n'arrivait pas et, s'approchant d'Amy, il l'embrassa furtivement. Il était temps. Natasha revenait en courant, surexcitée.

— J'ai du nouveau, chantonna-t-elle, mais c'est un secret.

— Qu'est-ce qu'il y a ? demanda Amy.

— Tu viendras habiter chez nous quand ta mère sera en Afrique.

— Quoi ? C'est vrai ? Je n'y crois pas !

Elle avait déjà habité chez eux un mois auparavant, lorsque sa mère avait été hospitalisée, mais n'aurait jamais songé à le lui demander.

— Je les ai entendus en parler. Ta mère disait que non, elle ne voulait pas nous imposer ça, etc. Heureusement que la mienne a insisté !

— Cool ! s'écria Éric.

— Elle dormira dans ma chambre, dit Natasha en le fusillant du regard.

Amy feignit la surprise quand on lui annonça la nouvelle au dessert.

— Maman, c'est génial ! s'exclama-t-elle. Je serai sage comme une image !

— J'espère que cela te consolera du concours, dit Nancy avec un sourire.

— Quel concours ? demanda Mme Morgan.

— Je t'en ai parlé, maman. Amy a gagné un concours de dissertation, expliqua Natasha.

— Je n'ai rien gagné du tout, précisa Amy. Je suis demi-finaliste. Malheureusement, je ne pourrai pas participer à la finale parce qu'elle a lieu à New York, pendant les vacances de printemps.

— C'est ma ville préférée, dit M. Morgan. Durant notre dernier séjour là-bas, je suis allé dans tous les clubs de jazz de Greenwich Village.

— Comment ça, notre dernier séjour là-bas ? s'indigna Éric. On n'y a jamais mis les pieds !

— Je voulais parler de ta mère et moi. Nous existions déjà avant votre naissance, tu sais.

— Il y a quinze ans que nous n'avons pas revu les gratte-ciel, renchérit Mme Morgan, l'air songeur. Nous avons séjourné dans un adorable hôtel donnant sur Central Park et nous allions au théâtre presque tous les soirs. Et les restaurants ! Incroyable ! Tu te souviens, chéri, de cette promenade en calèche à travers le parc ? C'était si romantique ! Éric est né neuf mois plus tard, ajouta-t-elle avec un sourire en se tournant vers Nancy.

— Maman ! protesta Éric, rouge comme une tomate.

— Il faudrait qu'on y retourne un de ces jours, reprit M. Morgan. Pour montrer New York aux enfants et les emmener au théâtre.

— Aller voir jouer les Knicks, dit Éric.

— Et si on y allait aux vacances de printemps ? proposa Natasha.

— Où donc ? demanda sa mère.

— À New York, évidemment !

La voix de Natasha monta d'une octave, comme chaque fois qu'elle avait une idée lumineuse.

— Réfléchis, ce serait génial ! On emmènerait Amy et elle pourrait participer à la finale du concours.

— Voyons, Natasha ! protesta Nancy.

— Tu sais que ce n'est pas bête comme idée, approuva Mme Morgan.

— Tu parles sérieusement ? demanda M. Morgan en la dévisageant d'un air incrédule. Les vacances, c'est le mois prochain, non ?

— Dans deux semaines, confirma Éric.

— Nous ne pouvons pas tout laisser tomber et partir pour New York, comme ça, dans deux semaines !

— Bien sûr que non, monsieur Morgan, intervint Nancy. Natasha, c'est franchement très gentil de ta part de penser à Amy, seulement...

— Attendez ! l'interrompit Mme Morgan. Ce n'est pas une mauvaise idée, après tout. Nous n'avons rien prévu d'autre. Et tu as vraiment besoin de vacances, ajouta-t-elle à l'intention de son mari.

— Moi aussi, dit vivement Éric.

— Oh, toi ! Tu passes ta vie à être en vacances, grommela son père.

— Ce serait tellement fabuleux, mon p'tit papa ! s'écria Natasha. Je t'en prie !

Amy réprima un sourire. Natasha n'appelait son père « mon p'tit papa » que lorsqu'elle avait quelque chose à lui demander.

— Et l'un de vous voyagera gratuitement, leur dit Amy. C'est écrit dans la brochure : le voyage est offert au candidat et à l'adulte qui l'accompagne !

— C'est de la folie, protesta Nancy. Je ne peux pas vous demander d'emmener Amy à New York !

— Il n'est pas question de nous demander quoi que ce soit, répliqua Mme Morgan, c'est nous qui l'invitons. N'est-ce pas, mon chéri ? dit-elle en faisant un clin d'œil à son mari.

— Pourquoi pas ?

Natasha et Éric poussèrent des cris de joie. Amy dévisageait anxieusement sa mère.

— Maman... ?

— Donne-moi l'autorisation à signer, s'il te plaît.

3

— Dans quelques instants, nous commencerons notre descente vers l'aéroport de New York Kennedy. Nous demandons à tous les passagers de regagner leur siège, d'attacher leur ceinture, et de relever leur dossier et la tablette située devant eux.

Amy vérifia que sa ceinture était bien attachée. Puis elle se pencha pour essayer d'apercevoir les gratte-ciel par le hublot. L'avion était encore trop haut et le temps trop nuageux pour lui permettre de voir quoi que ce soit. Peu lui importait. Elle avait le moral au beau fixe. Le vol se déroulait sans problème depuis Los Angeles, la nourriture était délicieuse et on leur avait projeté un film très amusant. Tout était parfait.

Enfin, presque parfait.

Elle donna un coup de coude à Éric qui ouvrit les yeux.

— On est à New York ?

— Presque. Redresse ton siège.

Elle se tourna de l'autre côté. Natasha était toujours plongée dans son guide.

— Écoute, ce livre dit qu'un Américain sur deux a des ancêtres qui sont arrivés dans ce pays en passant par Ellis Island. Il y a même un musée. Il faut qu'on le voie, ajouta-t-elle en griffonnant le nom d'Ellis Island sur son pense-bête.

— On ne reste qu'une semaine, lui rappela Amy en voyant la liste s'allonger. Il y a une grande réunion de tous les candidats demain matin, puis le concours mardi. Et ils annonceront le nom du vainqueur au banquet de jeudi soir.

— Ce qui nous laisse plein de temps pour tout voir, assura Natasha. Les musées, bien sûr. Et puis on a des places pour *Cats* lundi. Il faudra aussi passer au Rockefeller Center, pour essayer de participer à une émission télévisée.

— Moi, j'aimerais bien voir les Knicks, mercredi, annonça Éric.

— Quel dommage qu'on ne soit pas en décembre ! s'exclama Natasha. Il y a toujours un énorme arbre de Noël au Rockefeller Center, et une patinoire...

— Tu sais, on n'est pas forcés de faire tout ce qu'elle a écrit, glissa Éric à l'oreille d'Amy.

— Tu as d'autres idées ?

— Eh bien, je me demandais... peut-être qu'on pourrait prendre un de ces trucs tirés par des chevaux dont parlait ma mère. Juste toi et moi.

— Tu crois ? Ce serait génial !

— Qu'est-ce que vous complotez, vous deux ? minauda une voix derrière eux.

Le sourire d'Amy s'évanouit.

— Tu dois rester assise à ta place, Jeanine.

— J'y allais, chantonna Jeanine. À tout à l'heure à New York !

Éric regarda Jeanine se dandiner jusqu'à son siège.

— Elle ne va pas nous suivre partout, non ?

— Je n'en sais rien, soupira Amy d'une voix lasse. J'espère que non. Seulement, ta mère insistera peut-être pour l'emmener avec nous.

— On pourrait la coller à Natasha.

— Je ne peux pas faire ça à ma meilleure amie.

Ils avaient eu un choc en apprenant que Jeanine se joignait à eux. Ses parents ne pouvant pas l'accompagner à New York, Mme Bryant n'avait pas hésité à demander à Mme Morgan de s'en charger.

Jeanine, de son côté, semblait enchantée de suivre Éric... Mais il n'était pas question qu'Amy cède du terrain.

Alors que l'avion amorçait sa descente, Amy songea qu'elle pourrait utiliser sa force physique pour se débarrasser de Jeanine. Il suffirait, par exemple, d'une bonne poignée de main pour casser quelques petits os de cette enquiquineuse, histoire de la rendre incapable d'écrire... Non, elle n'en ferait rien, bien sûr. Jeanine avait de la chance qu'elle ait des principes.

4

Natasha n'en croyait pas ses yeux : la suite de l'hôtel était magnifique. De sa fenêtre, elle regarda la rue vingt étages plus bas, puis consulta son guide touristique.

— Savez-vous qu'il y a douze mille taxis jaunes à New York ?

Pas de réponse. Sa mère s'occupait des valises. Son père étudiait le contenu du minibar. Éric examinait une liste de films vidéo disponibles. Amy, elle, était plongée dans la documentation sur le concours.

— Savez-vous qu'il y a cent vingt musées à New York ? continua Natasha. Nous passons sept jours ici, ce qui fait...

— ... environ dix-sept virgule quarante-trois musées par jour, conclut Amy.

— Ne compte pas sur moi pour visiter tes cent vingt musées, ronchonna Éric.

— Non, non, il faudra choisir, reconnut sa sœur.

— Natasha et Amy, vous dormirez dans la chambre avec les deux petits lits, annonça Mme Morgan. Ton père et moi prendrons l'autre chambre.

— Et moi ? s'inquiéta Éric.

— Tu t'installeras ici, dans le salon, sur le canapé-lit.

— Ouf, j'ai eu peur ! J'ai cru que tu allais me demander de partager la chambre de Jeanine.

Natasha et Amy éclatèrent de rire. Mme Morgan leva les yeux au ciel.

— Ne dis pas de bêtises. Jeanine a sa chambre de l'autre côté du couloir.

Natasha et Amy poussèrent des soupirs de soulagement.

— Tous les concurrents sont-ils descendus dans cet hôtel ? demanda Mme Morgan.

— C'est ce qui est écrit ici, répondit Amy, toujours plongée dans ses documents. Nous devons nous retrouver ce soir pour le dîner, au salon Bleu... vingt-deuxième étage, avec nos familles si nous le souhaitons. Hé, il paraît qu'il y a cent cinquante candidats !

— Tu es sûre que ce dîner n'est pas réservé aux participants ? interrogea M. Morgan.

— Non, non. Il est spécifié que toutes les

familles accompagnant les candidats sont invitées à participer au dîner. Et ma famille, c'est vous, cette semaine.

— Nous sommes aussi celle de Jeanine, rappela Mme Morgan.

Elle tourna le dos et les deux amies en profitèrent pour échanger d'horribles grimaces.

Le salon Bleu était une vaste salle de bal, dotée de somptueux lustres et de très hauts plafonds. Elle contenait sans mal une bonne cinquantaine de tables rondes, toutes numérotées.

— Comment tu me trouves, Natasha ? demanda Amy d'une voix anxieuse.

— Parfaite.

Amy portait une jupe longue fleurie avec un tee-shirt en soie rose. Comparée aux autres jeunes de l'assistance, Natasha la trouvait très présentable. D'ailleurs, elle aussi était parfaitement dans le ton avec sa robe droite vert pâle et son cardigan assorti.

Jeanine, naturellement, les éclipsait. Elle était vêtue d'une petite robe débardeur noire très courte, coupée dans un tissu chatoyant qui brillait sous les lustres. Natasha avait remarqué la moue désapprobatrice de sa mère quand Jeanine était apparue, mais Mme Morgan n'avait rien dit. Avec une robe pareille, Natasha, elle, n'aurait jamais eu l'autorisation de sortir de sa chambre.

— Où est-ce que tu as trouvé cette robe ? demanda Amy.

— Oh ! dans un magasin que tu ne dois pas connaître, répondit Jeanine avec un sourire condescendant. À Beverly Hills. La vendeuse m'a dit que je faisais très new-yorkaise, avec mon côté un peu blasé, ajouta-t-elle en lissant sa jupe.

Là-dessus, elle disparut dans la foule.

— Elle est bien trop contente pour jouer les blasées, marmonna Natasha.

Un homme qui portait un badge s'approcha d'elles avec un sourire radieux.

— Bonsoir ! Je suis George Drexel, coprésident du Concours national de dissertation.

Il serra la main des Morgan, puis celles d'Éric et des deux filles mais retint celle d'Amy plus longuement entre les siennes.

— Je vous félicite d'être arrivée jusqu'ici, jeune fille. Et bonne chance pour la suite ! Maintenant, si vous voulez bien aller vers le buffet que vous voyez sous la bannière, vous trouverez un badge à votre nom et le numéro de la table qui vous a été attribuée.

Éric, visiblement très mal à l'aise avec sa veste neuve et sa cravate, resta auprès de ses parents pendant que les deux amies se dirigeaient vers le buffet.

Jeanine était là, en grande conversation avec une fille dont le badge indiquait SARAH MILLER, NORMAN, OKLAHOMA. Heureusement, car Jeanine ne prit pas la peine de faire les présentations.

— Je me renseigne sur les meilleurs endroits où faire du shopping, lança-t-elle. Il paraît que So-Ho est un quartier génial !

— C'est le coin le plus branché de New York, acquiesça Sarah Miller. J'y vais demain après-midi. Tu viens avec moi ?

— Cool ! déclara Jeanine.

— Et vous ? demanda Sarah en se tournant vers Amy et Natasha.

— Pas le temps. Demain, je vais au musée d'Art moderne, répondit Natasha.

— Ça ne sert à rien ! s'exclama Jeanine. Tu peux voir tout l'art moderne que tu veux à Los Angeles. Et toi, Amy, tu ne préfères pas venir faire les magasins avec nous ?

— Non, je reste avec Natasha.

Après avoir pris leur badge, les deux filles allèrent retrouver les Morgan.

— Je n'en reviens pas que Jeanine nous ait demandé de l'accompagner, observa Natasha.

— Elle voulait jouer les bonnes copines devant Sarah.

— Quelle comédienne ! On aurait cru qu'elle tenait absolument à ce que tu les accompagnes.

— Sans doute parce qu'elle savait que je refuserais, que je préfère rester avec toi. Même si je dois visiter cent vingt musées...

— J'espère qu'elle va devenir amie avec cette Sarah, maugréa Natasha. Comme ça, on ne la verra pas de la semaine. Avec un peu de chance, elle voudra même dîner avec elle.

Malheureusement, les places étant attribuées d'avance, Jeanine resta avec eux. Elle continuait à faire son cinéma, d'autant plus qu'elle s'était assise à côté d'Éric.

Voilà un mois qu'elle lui courait après, bien qu'il ne lui ait jamais donné le moindre signe d'encouragement. Elle ne devait pas supporter de laisser un seul garçon indifférent.

Natasha jeta un coup d'œil vers Amy, assise de l'autre côté. On leur servait le potage, mais elle ne voyait rien, trop occupée à boire les paroles d'Éric.

— Amy ! dit doucement M. Morgan.

— Excusez-moi, je rêvais.

— Mange pendant que c'est chaud. Cette soupe est un délice.

La soupe attendrait car la voix tonitruante de M. Drexel s'éleva depuis la table principale.

— Bonsoir, mesdames, mesdemoiselles et messieurs. Bienvenue aux candidats du troisième Concours national de dissertation. C'est un plaisir de vous rencontrer ici ce soir. Nous sommes ravis de vous recevoir et nous espérons que vous passerez une semaine merveilleuse. Je ne vous ennuierai pas maintenant avec un long discours. Je le réserve pour plus tard.

Il marqua une pause pour laisser à son auditoire le temps d'apprécier son humour.

— Je sais que nos jeunes concurrents sont inquiets. Surtout, que le trac ne vous empêche pas de profiter de New York. Certes, un seul d'entre vous remportera cette épreuve, cependant n'oubliez pas que votre présence ici prouve déjà que vous êtes exceptionnels. Vous êtes donc tous des gagnants. À présent, bon appétit !

Quelques applaudissements retentirent puis chacun reporta son attention sur son assiette.

— Ne sois pas triste, Natasha, dit Jeanine avec un sourire satisfait. Peut-être que tu arriveras en finale l'année prochaine.

— Je n'ai même pas participé au concours.

— Je croyais que tu voulais être écrivain ?

— J'écris déjà, répondit Natasha en serrant les dents. N'oublie pas que je suis reporter pour le *Journal de Parkside*. Tu n'as pas vu mon article sur le film qui a été tourné au collège ?

— Non.

Quelle menteuse ! Tout le monde en avait parlé et l'avait trouvé fabuleux, sans compter le nombre d'élèves ravis de voir leur nom dans un vrai journal. Natasha était très fière de son reportage.

— Amy, ta soupe refroidit, remarqua M. Morgan.

— Elle doit avoir trop le trac pour manger, dit Jeanine.

— Non, protesta Amy, agacée. C'est juste que... je n'aime pas cette soupe.

— Tu es sûre ? s'étonna Natasha. Elle est bonne. Je croyais que tu adorais les champignons.

— Ah bon ?

Amy goûta une nouvelle cuillerée, fronça le nez.

— Hé, si tu n'en veux pas, donne-la-moi ! dit Éric qui avait presque fini son assiette.

— D'accord, murmura Amy.

En poussant l'assiette vers lui, elle fit un faux mouvement et la renversa.

— Attention à ta jupe ! s'exclama Natasha.

Amy regardait la tache sans réagir.

42

— Tu devrais aller aux toilettes la nettoyer tout de suite, suggéra Mme Morgan.

— Excusez-moi... commença Amy en se levant.

Elle chancela. Éric bondit et la rattrapa de justesse.

— Amy ! cria Natasha.

Éric la soutenait, mais elle avait fermé les yeux et dodelinait de la tête.

— Je crois qu'elle s'est évanouie ! s'écria-t-il, affolé.

Les Morgan se précipitèrent afin d'aider leur fils à l'allonger sur la moquette.

— Amy ! Amy ! cria Mme Morgan.

Natasha s'agenouilla près d'elle.

— Reculez, laissez-la respirer, ordonna M. Morgan aux gens qui s'attroupaient autour d'eux.

Un homme arriva en courant.

— Je suis médecin. Que s'est-il passé ?

— Je ne sais pas, elle vient de s'évanouir.

Le médecin se pencha sur Amy.

— Est-ce qu'elle a des allergies ?

— Non, répondit Natasha. Pas du tout.

— A-t-elle déjà eu ce genre de malaise ?

— Non, elle n'est jamais malade ! affirma Natasha d'un ton catégorique.

Le médecin prit le poignet d'Amy.

— Son pouls est très rapide. Il faut la transporter à l'hôpital.

— J'appelle les urgences, dit M. Morgan.

— Est-ce que c'est grave ? demanda Éric.

— C'est certainement les nerfs, diagnostiqua Jeanine.

Les organisateurs du concours les avaient rejoints tandis que le médecin s'efforçait d'écarter tout le monde. Jamais Natasha n'avait vu son frère aussi pâle. Il avait l'air presque aussi épouvanté qu'elle.

Les services d'urgence arrivèrent et Amy fut installée sur une civière.

— Je veux l'accompagner, dit Natasha.

— Moi aussi, renchérit Éric.

— Non, vous restez ici tous les deux, intervint Mme Morgan. C'est moi qui vais avec elle. Appelle la mère d'Amy, continua-t-elle en s'adressant à M. Morgan. Son numéro est dans ma valise.

Tout le monde s'était levé pour voir d'où venait l'agitation. Éric et Jeanine sortirent derrière la civière pendant que M. Morgan partait à la recherche d'un téléphone. Natasha n'avait pas bougé, paralysée de peur et d'incrédulité.

M. Drexel posa la main sur son épaule.

— Ne t'inquiète pas. Ces concours rendent les gens très nerveux. Ce n'est pas la première fois qu'un concurrent s'évanouit. Je suis sûr que ton amie se remettra.

Il ne pouvait pas comprendre, évidemment. Les autres pouvaient s'évanouir, mais pas Amy.

Amy était invulnérable.

5

Amy était allongée sur le dos. Elle entendait un battement sourd et régulier à l'intérieur du verre épais qui l'entourait. Soudain, elle aperçut des éclats de lumière orange, accompagnés de craquements. Il faisait trop chaud. Elle suffoquait... Il y avait le feu ! Les flammes allaient la dévorer !

Elle se réveilla en sursaut. C'était encore ce cauchemar. Ce même rêve qui la hantait depuis sa petite enfance et dont elle avait eu récemment l'explication. Le verre était celui de sa couveuse, et l'incendie avait été causé par l'explosion du labo, déclenchée plus tôt que prévu. Amy avait été le dernier bébé évacué. Elle avait failli mourir.

Voilà longtemps qu'elle n'avait plus fait ce rêve. Qu'est-ce qui avait bien pu le provoquer ?

La mémoire lui revint lentement. New York, le concours de dissertation, l'hôtel luxueux...

Elle se retrouvait dans une chambre qu'elle n'avait jamais vue, toute blanche. Et cette odeur... une odeur de propre. D'antiseptique... comme à l'hôpital.

Maintenant Amy était parfaitement réveillée et se souvenait de ce qui s'était passé. Le dîner, la salle de bal, sa chute... Elle s'assit. La tête lui tournait un peu. Elle remua les doigts de pied, essaya de bouger les jambes. Rien de cassé apparemment. Pas de pansements, pas de blessures.

Un petit grattement à la porte. Une jeune femme au regard vif, vêtue de blanc, entra d'un pas alerte.

— Bienvenue au pays des vivants ! Comment te sens-tu ? demanda-t-elle en souriant.

— Bien, je crois. Qu'est-ce qui s'est passé ? Qu'est-ce que je fais ici ?

— Tu t'es évanouie hier soir, au dîner.

— Je me suis évanouie ! s'exclama Amy. C'est impossible. Je n'ai jamais eu le moindre malaise de ma vie.

— Eh bien, tu en as eu un hier, insista la jeune femme. Si tu ne me crois pas, interroge Mme Morgan. Elle était avec toi dans l'ambulance.

— Où est-elle ?

— Partie il y a à peine quelques minutes. Elle a passé toute la nuit à ton chevet et reviendra sans doute plus tard. Maintenant, voyons un peu comment tu vas.

Alors que l'infirmière se penchait sur elle, Amy lut son badge. Candy Renfroe. Elle avait bien une tête à s'appeler Candy. Blonde et enjouée. Quand sa mère avait été hospitalisée à Los Angeles, là-bas aussi les infirmières étaient pleines d'entrain. À se demander si, dans ce métier, on suivait des cours de bonne humeur.

Candy lui mit un thermomètre dans la bouche puis vérifia sa tension et son pouls.

— Tout me semble parfait, et la température est normale.

— Alors je peux partir ?

— Il faut d'abord que le médecin te voie.

Amy ne savait même pas quelle heure il était. Elle leva le bras pour constater qu'elle ne portait plus rien au poignet.

— Où est ma montre ?

— En lieu sûr, au coffre, dans le bureau des infirmières. Nous procédons toujours ainsi avec les objets de valeur des patients. Il est huit heures du matin. Tu n'as pas dîné hier soir. Tu dois mourir de faim !

— Non, pas vraiment. Enfin si, un peu.

— Ton petit déjeuner te sera servi d'une minute à l'autre. En attendant, repose-toi tranquillement, d'accord ?

Après lui avoir fait un clin d'œil, l'infirmière quitta la chambre.

Amy se laissa retomber sur ses oreillers. Qu'est-ce qui avait bien pu provoquer son malaise ? On s'évanouissait quand on était malade, or elle ne l'était jamais, elle avait un système immunitaire extraordinaire. Elle repensa à la soirée de la veille. Elle avait mangé de la soupe juste avant... aurait-elle eu une intoxication alimentaire ? Non. Dans ce cas, d'autres personnes auraient eu la même chose. Quant à Éric, étant donné la vitesse à laquelle il avait ingurgité la sienne, il serait mort.

Amy se sentait bien maintenant, et elle voulait partir avant l'arrivée du médecin.

Elle ne pouvait pas consulter de docteur. Tout examen poussé aurait révélé sa nature particulière.

Amy porta les mains à sa gorge. Elle tâta le petit croissant de lune, ravie que les infirmières ne le lui aient pas retiré en même temps que sa montre. Que lui aurait conseillé le Dr Jaleski en de telles circonstances ?

Rétrospectivement, elle se dit que l'infirmière n'avait rien repéré d'inhabituel sur son cœur ni sur sa tension artérielle. Très intéressant...

On frappa à la porte. Ce n'était pas le médecin mais une fille en blouse rose qui lui apportait son petit déjeuner. Sans dire un mot, elle posa le plateau sur la table près de son lit et repartit.

Alléchée, Amy considéra le repas : des œufs brouillés, du bacon, des toasts à la cannelle. Ce parfum lui rappela la réunion qu'ils avaient eue au collège. Que cela semblait loin !

Elle finissait le dernier morceau de toast lorsque la porte s'ouvrit à nouveau. Une grande femme en blouse blanche entra, suivie de Candy.

— Je suis le Dr Markowitz. Et tu dois être... (elle regarda la feuille de température qu'elle tenait à la main)... Amy Candler.

— Oui, c'est moi. Je vais bien maintenant.

Le médecin sourit.

— Et si tu me laissais en juger ?

Elle se livra aux mêmes examens que Candy : le cœur, le pouls, la tension artérielle, la température.

— Bon, tout est parfait, conclut le Dr Markowitz.

— Génial ! dit Amy en poussant un soupir de soulagement. Alors je peux m'en aller ?

— Nous ne savons toujours pas ce qui a pu causer ton évanouissement. Et nous avons pour règle de garder tous les patients en observation quarante-huit heures tant que le diagnostic n'est pas établi.

— Quarante-huit heures ! Mais je vais très bien ! Vous venez de le dire !

— Tu as raison, dit le médecin d'un ton apaisant. Mais il vaut mieux ne pas prendre de risques. Je repasserai te voir plus tard.

Amy laissa échapper un gémissement. L'idée de perdre deux jours à l'hôpital n'avait rien de réjouissant.

— Est-ce que je peux téléphoner ? demanda-t-elle en sortant de son lit. Je voudrais appeler Mme Morgan.

— Holà ! intervint Candy. Au lit tout de suite ! Je te l'ai déjà dit, Mme Morgan a promis de revenir avec tes amis.

Amy obéit à contrecœur et se remit sous les couvertures. Elle pensa brusquement qu'elle devait avoir une tête affreuse.

— Comment je suis coiffée ?

— Si tu es sage, je t'apporte un miroir et une brosse, proposa Candy gaiement.

Dès qu'elle fut partie, Amy tâtonna le long du montant de son lit et trouva le bouton de réglage. Elle essaya différentes inclinaisons jusqu'à se sentir confortablement installée. Si confortablement qu'elle s'assoupit de nouveau...

Natasha écoutait avec inquiétude sa mère parler au téléphone. C'était exaspérant de n'entendre qu'une partie de la conversation.

— Oui... oui, je vois. Oui, bien sûr, je comprends, disait Mme Morgan en notant quelque chose sur le bloc-notes. Non, je n'en suis pas légalement responsable. Sa mère est à l'étranger actuellement, et je n'ai pas réussi à la joindre. Très bien... Oui, je connais les heures de visite. Merci.

— Alors ? Qu'est-ce qu'on t'a dit ? demanda Éric dès qu'elle eut raccroché. Amy va bien ?

Mme Morgan leva la main pour arrêter le flot de questions.

— Le médecin pense qu'il ne s'agit pas d'une intoxication alimentaire mais ignore pourquoi Amy a eu ce malaise. C'est peut-être à cause d'un virus. Il faut absolument qu'Amy se repose, elle ne semble courir aucun danger pour le moment.

Natasha et Éric échangèrent un regard. Ils savaient qu'aucun virus ne pouvait atteindre Amy, mais leurs parents ignoraient tout et il n'était pas question de les mettre au courant.

— Qu'ont-ils l'intention de faire ? demanda M. Morgan.

— Le Dr Markowitz veut la garder en observation un jour ou deux. Mais nous pouvons passer la voir. Les visites sont autorisées entre onze et quinze heures. Voyons, il est huit heures et demie... quelle heure peut-il bien être sur cette île où est allée Nancy ?

— C'est près de la côte africaine, il doit donc y avoir sept heures de décalage, répondit M. Morgan. Ce qui correspond à trois heures et demie de l'après-midi là-bas.

— Je vais encore essayer de l'appeler.

— Bonne chance. J'ai essayé dix fois sans réussir à obtenir la communication. L'opératrice prétend qu'il y a un problème de lignes. Je me demande si le concierge de l'hôtel ne pourrait pas m'aider. Nous pourrions peut-être envoyer un télégramme.

— Si tu allais te renseigner en bas pendant que j'appelle ? suggéra Mme Morgan.

Natasha fit signe à son frère de la rejoindre dans un coin de la chambre pour discuter tranquillement.

— Amy ne peut pas être malade.

— Elle n'a jamais rien eu. Mais peut-être que c'est une maladie que seuls les clones attrapent. Écoute, ils veulent juste la garder en observation pour s'assurer que tout va bien.

Il avait adopté un ton désinvolte et rassurant, mais Natasha devinait, à son regard, qu'il était inquiet.

— Que faire ? réfléchit-elle tout haut. Est-ce qu'il faut dire aux parents ce que nous savons ?

— On ne fait rien pour le moment, décréta Éric d'un ton ferme. On doit voir Amy dans deux heures. S'il y a un problème, elle nous en informera.

Habituellement, Natasha n'appréciait pas que son frère prenne des airs supérieurs. Mais, cette fois, ils étaient dans le même camp. Ils savaient tous les deux combien il serait dangereux que l'on découvre la vérité sur Amy. Et si cela s'apprenait... Natasha ne voulait même pas imaginer la suite.

Mme Morgan raccrocha. À son front plissé, Natasha comprit qu'elle avait dû recevoir de mauvaises nouvelles.

— Le temps a été épouvantable sur l'île, déclara sa mère. Les lignes téléphoniques ont été arrachées.

— Il est impossible de contacter Nancy pour le moment, affirma presque en même temps M. Morgan. Heureusement, les lignes seront réparées dans les prochaines heures. Il faut attendre.

— Je ne peux pas rester assise deux heures à ne rien faire, fulmina Natasha. Il faut que je voie Amy tout de suite.

— Si on allait à l'hôpital ? suggéra son père. Certains médecins sont assez souples sur les horaires des visites.

— Et Jeanine ? demanda Mme Morgan. On ne peut pas la laisser. Allons la prévenir.

Elle se leva et sortit pour traverser le couloir, M. Morgan sur les talons.

— Amy n'aura aucune envie de voir Jeanine, souffla Éric dès qu'il se retrouva seul avec sa sœur.

— Et je ne veux pas que Jeanine s'approche d'elle, ajouta celle-ci d'un ton farouche. Je ne lui fais pas confiance.

— Elle ne peut pas lui faire de mal dans un hôpital.

— Mais c'est peut-être elle qui l'a envoyée là-bas, répondit Natasha avec un sourire insidieux.

— Tu es folle ? s'exclama Éric, sidéré.

Qu'est-ce que tu veux que Jeanine lui ait fait ?

— Je n'en sais rien. Peut-être qu'elle lui a jeté un sort ?

— Arrête ! Tu la prends pour une sorcière ?

— Peut-être, marmonna Natasha.

— Jeanine part faire des courses avec une autre concurrente et sa mère, annonça Mme Morgan en revenant. Elle pense bien à Amy et espère qu'elle se remettra très vite.

— Mais surtout pas avant la fin du concours...

— Natasha ! Ce n'est pas le moment ! la gronda sa mère. Bon. Tout le monde est prêt ?

Ils prirent un taxi. Mais on roulait si mal qu'il leur fallut près de quarante minutes pour arriver à l'énorme complexe hospitalier situé à l'est de la ville.

— Eh bien, il est bientôt dix heures, remarqua Mme Morgan. Ils nous laisseront certainement la voir, c'est presque l'heure des visites.

Dans le hall d'entrée, elle fila droit vers le réceptionniste.

— Nous voudrions voir Amy Candler.

L'employé se tourna vers son ordinateur et tapa le nom. Il considéra fixement l'écran pendant un moment, fronça les sourcils.

— Nous n'avons enregistré aucun Chandler, dit-il.

— Non, Candler, rectifia Mme Morgan. Sans *h*. Et je sais qu'elle est là. J'étais avec elle aux urgences, hier soir.

L'employé tapa le nom correctement et son visage s'éclaira.

— Ah oui, la voilà ! Amy Candler.

Puis il fronça de nouveau les sourcils.

— Quoi, encore ? demanda Éric.

— Je regrette, mais Mlle Candler ne peut recevoir aucune visite.

— Aucune visite ! (Éric blêmit.) Elle a quelque chose de grave ?

Natasha poussa un cri d'angoisse.

— Je ne comprends pas, intervint Mme Morgan. On nous a dit qu'elle était seulement en observation.

— Je n'ai pas d'autres informations. Il est juste écrit que les visites sont interdites.

— À quel étage se trouve-t-elle ? demanda M. Morgan.

— Je n'en sais rien, répondit le réceptionniste, visiblement perplexe. Aucun numéro de chambre n'est inscrit.

— Je voudrais parler à son médecin, reprit Mme Morgan d'un ton autoritaire. Le Dr Markowitz. Tout de suite !

— Je vais voir ce que je peux faire, répondit

l'employé avec empressement. Je vous en prie, installez-vous dans la salle d'attente.

Une bonne vingtaine de minutes passèrent. Le Dr Markowitz apparut enfin, accompagnée de Candy Renfroe.

— Je suis vraiment désolée. J'étais auprès d'un patient. Je vous rassure tout de suite, Amy ne court aucun danger pour le moment.

— Alors pourquoi ne pouvons-nous pas la voir ? demanda Mme Morgan. Je suis responsable d'elle cette semaine et je n'ai pas eu le droit de lui rendre visite depuis que je l'ai conduite aux urgences. Vous me disiez tout à l'heure que vous la gardiez seulement par précaution.

— Nous l'avons mise en quarantaine également par précaution. Nous ne savons pas du tout pourquoi elle s'est évanouie. Elle a peut-être une infection bactérienne contagieuse. Tant que nous n'aurons pas éliminé cette possibilité, nous ne pourrons pas autoriser les visites.

— Et si on portait des masques ? supplia Natasha. Comme dans *Urgences*.

— C'est un feuilleton, mademoiselle, pas la réalité. Écoutez, il n'y a aucune raison de vous inquiéter. J'ai expliqué la situation à Amy et

59

elle comprend parfaitement. Voici la ligne directe du poste de garde à son étage. Vous pourrez nous joindre, Mlle Renfroe, l'infirmière, ou moi-même à n'importe quelle heure. Nous vous tiendrons au courant de l'état d'Amy. Mais aucun problème n'est à craindre et je suis certaine qu'elle sortira d'ici un jour ou deux.

Le ton rassurant du médecin apaisait les craintes de Natasha. Mais cela ne lui suffisait pas.

— Bon, mais on peut lui téléphoner, au moins ?

— Nous voulons qu'elle reste au repos complet. Franchement, vous n'avez aucune raison de vous inquiéter. Appelez-moi cet après-midi et je vous donnerai de ses nouvelles.

Natasha regarda Éric. Il semblait déconcerté, lui aussi. Malheureusement, leurs parents ne protestaient pas.

— Je n'ai pas pu joindre sa mère, dit Mme Morgan. Elle est en congrès sur une île au large de l'Afrique et il y a eu une sorte de cyclone, les lignes téléphoniques ont été arrachées.

— Pour le moment, nous n'avons besoin d'aucune autorisation. Comme je vous le disais, il ne s'agit que de mesures de routine. C'est tout à fait normal.

M. et Mme Morgan semblaient satisfaits, mais Natasha, comme Éric, savait que rien de ce qui concernait Amy ne pouvait être tout à fait normal.

6

Amy ne savait pas du tout quelle heure il était, ni combien de temps elle avait dormi.

Les stores étaient tirés. Comment savoir s'il faisait jour ou nuit ? Elle s'était rendormie juste après le petit déjeuner. Ça ne devait pas faire très longtemps.

Elle repoussa les draps et se leva.

— Que fais-tu debout ? la gronda Candy qui entrait avec un petit plateau. Recouchez-vous tout de suite, jeune fille !

L'étincelle de son regard atténuait un peu la sécheresse du ton.

— Je n'ai pas besoin de rester au lit ! protesta Amy en obéissant néanmoins. Je me sens très bien.

— Ordre du médecin, chantonna Candy.

— Quelle heure est-il ?

— Midi et demi. Bientôt l'heure du déjeuner.

— Où sont les Morgan ? Ils devaient venir me voir.

— Ils sont venus et repartis. On ne doit pas te déranger.

— Ils étaient là et vous ne m'avez pas laissée les voir ?

Candy éclata de rire.

— Te voilà coupée du monde extérieur, ma belle.

— Ils reviennent quand ?

— Je ne sais pas. Allons, ne fais pas la tête. Je crois savoir pourquoi tu es si triste de les avoir ratés. Cet Éric est vraiment très mignon !

Malgré sa déception, Amy ne put retenir un petit sourire penaud.

— Je suis sûre qu'ils reviendront plus tard, reprit l'infirmière. Et maintenant, je veux que tu prennes ce comprimé.

— Qu'est-ce que c'est ?

— C'est juste pour te détendre.

— Je n'en ai pas besoin. Je me sens parfaitement calme.

Candy lui lança un regard désapprobateur.

— Tu ne penses pas que je vais te croire ? Te voilà à l'hôpital, loin de ta famille et de tes amis. Moi, je serais effondrée, à ta place.

— Eh bien, moi, je me sens très bien ! insista Amy.

— Je t'en prie, prends ce médicament, la supplia Candy. Pour moi !

— Pour vous ?

— Si je dis au Dr Markowitz que tu as refusé de le prendre, c'est moi qu'elle enguirlandera, pas toi !

Amy ne put s'empêcher de sourire. Candy était adorable, bien qu'un peu trop insistante à son goût. Cependant, elle n'avait aucune envie de prendre ce comprimé : elle avait assez de connaissances en médecine pour savoir que tout produit censé détendre faisait dormir. Et elle ne voulait plus prendre le risque de manquer les Morgan.

— D'accord, dit-elle.

Alors vite, trop vite pour que Candy s'en aperçoive, elle fit tomber la pilule non pas dans sa bouche mais dans l'encolure de sa chemise de nuit. Puis elle avala un peu d'eau.

— Il y a un bon déjeuner, aujourd'hui. Je l'ai vu sortir des cuisines, reprit Candy, radieuse. Tu aimes la tarte aux pommes ?

— Oui. C'est mon dessert préféré.

Candy disparut et Amy se renfonça dans ses oreillers. Elle n'avait pas à se plaindre de la façon dont on la traitait, mais elle s'ennuyait. Et à quoi ça rimait de lui interdire de sortir du lit ?

65

Elle finit par se lever et s'approcha de la fenêtre. En écartant les rideaux, elle vit qu'il y avait des barreaux et n'en fut nullement étonnée. Il devait y avoir à New York beaucoup de cambrioleurs qui passaient par les toits. À moins que les New-Yorkais ne soient simplement paranoïaques.

Elle aperçut la télécommande de la télévision et s'assit sur le bord du lit.

Clic. Un feuilleton. Elle regarda une minute sans réussir à comprendre ce qui se passait.

Clic. Un reportage commercial. Barbant.

Clic. Un film de cow-boys. Berk !

Clic. De la publicité : Comment perdre dix kilos en dix jours. Pas très intéressant.

Clic. La météo. Temps nuageux avec de rares averses.

Clic. De nouveau le feuilleton.

Cinq chaînes, pas une de plus. Pas très moderne, comme hôpital ! Elle se laissa retomber sur son lit et regarda le plafond.

Quelle histoire ridicule ! Le concours avait lieu le surlendemain. Et le médecin avait dit qu'elle devait rester quarante-huit heures. Mais à partir de quand ?

Si sa mère avait été là, elle aurait insisté pour qu'on la laisse immédiatement sortir. Mme Morgan ferait pareil, sans doute. Malheureusement, il se passerait peut-être des heures avant que les Morgan ne reviennent... Il fallait à tout prix qu'Amy les joigne.

Elle s'approcha de la porte et l'entrouvrit légèrement. Personne dans le couloir. Elle se glissa dehors et partit hâtivement à la recherche d'un téléphone.

La chance lui souriait. Elle arriva au bureau des infirmières sans croiser personne, et la pièce était vide. Cachée derrière le comptoir, Amy regarda autour d'elle et repéra un annuaire. Sans bruit, elle prit un téléphone et le posa par terre. Elle commençait juste à composer le numéro lorsqu'elle entendit des voix qui approchaient. Elle retint sa respiration.

— Quel est le problème ? disait le Dr Markowitz. Qu'est-ce qui nous retarde ainsi ? Tout devrait être prêt maintenant.

La voix apaisante qui lui répondit ne pouvait être que celle de Candy.

— J'ai peur que le Numéro Deux n'ait pas pris son petit déjeuner. Nous pourrons les déplacer après le déjeuner une fois qu'elles seront toutes endormies.

Une porte s'ouvrit, puis les voix s'estompèrent. Pas question de rester là. Il devait bien y avoir un téléphone dans un endroit plus tranquille. Amy remonta le couloir à toute vitesse.

Gagné ! Une cabine se dressait devant elle. Elle n'avait pas d'argent mais on pouvait joindre une opératrice sans mettre de pièces.

Elle décrocha le combiné. Pas de tonalité. Elle composa le 911. Toujours rien.

— Qu'est-ce que tu fais là ?

Amy laissa échapper le téléphone. Elle était tellement concentrée sur ce qu'elle faisait qu'elle n'avait pas entendu venir le Dr Markowitz.

— J'avais un coup de fil à passer...

— Madame Renfroe ! appela le médecin.

Candy apparut une fraction de seconde plus tard.

— Ne serait-ce pas votre patiente ?

— Oh, Amy ! s'exclama l'infirmière d'un air navré.

— Je suis désolée, dit Amy en reposant le combiné.

Elle suivit Candy jusqu'à sa chambre.

— Tu veux donc m'attirer des ennuis ? geignit l'infirmière.

— Je m'embêtais, dit Amy en remontant dans son lit.

Candy prit la télécommande et alluma la télévision.

— Ça devrait pouvoir t'aider, murmura-t-elle. Et, quand Mme Morgan viendra après le déjeuner, je te promets de te réveiller si tu dors.

— Je ne dormirai pas. Je n'ai pas l'habitude de dormir autant.

Candy la dévisagea d'un air étonné.

— Tu n'as pas sommeil ?

— Non. Pourquoi ?

— Oh, comme ça, s'empressa de répondre Candy.

Elle quitta la pièce.

Amy regarda l'écran quelques instants. Puis la porte s'ouvrit et la fille en rose apparut avec un plateau.

— Bonjour, dit Amy. C'est le déjeuner ?

La fille posa silencieusement le plateau et repartit aussitôt. Amy souleva le couvercle. Candy avait raison. Le déjeuner avait l'air délicieux : un hamburger, des frites et une tarte aux pommes toute chaude. Amy n'avait pas tellement faim, mais la tarte sentait bon la cannelle.

Soudain, Amy se figea, le souffle coupé.

Non, c'était impossible ! Elle se faisait des idées. Sa mère en mettait, elle aussi, dans les tartes. Et le fait qu'il y ait eu des toasts à la cannelle au petit déjeuner ne prouvait rien...

Pourtant elle s'était endormie juste après en avoir mangé, ce qui ne lui arrivait jamais. En outre, pourquoi ne la laissait-on pas se servir du téléphone ?

D'abord, où étaient les Morgan ? Ils ne l'auraient jamais laissée seule si longtemps...

Et cette conversation qu'elle avait surprise ? Qu'est-ce que cela signifiait : « Après le déjeuner, quand elles seront toutes endormies... » ? Qui ça ? Des bébés ? Elle n'avait pas entendu le moindre bébé pleurer à cet étage.

Elle se leva et porta son plateau dans la salle de bains. Avec un soupçon de regret, elle jeta toute la nourriture dans les toilettes et tira la chasse. Puis elle retourna se coucher et attendit. Elle n'eut pas longtemps à patienter. Des pas se rapprochaient. Elle ferma les yeux et ne bougea plus.

La porte s'ouvrit. Au moins deux personnes entrèrent dans la pièce. Elle perçut un son qu'elle ne put identifier. Un bruit de roulettes.

— Elle a mangé la tarte, dit Candy. Ça ne rate jamais. Elle devrait être inconsciente pendant deux bonnes heures.

— Bien, déclara le Dr Markowitz. Tout sera prêt d'ici là.

Amy sentit qu'on la soulevait. Elle s'efforça de garder une respiration régulière et les yeux clos. On la posa sur une surface plane et on l'emmena. Pendant un moment, ni le Dr Markowitz ni Candy ne prononcèrent un mot. Puis on la souleva de nouveau.

On l'installait dans un autre lit. Enfin le Dr Markowitz et Candy quittèrent la pièce.

Aussitôt Amy ouvrit les paupières. Il faisait nuit noire. Le temps de s'habituer à l'obscurité, elle tendit l'oreille. Rien. À moins que... Si, il y avait un bruit. Comme une respiration. Plusieurs respirations, en fait.

Elle distinguait maintenant une pièce tout en longueur qui comptait huit lits, dont le sien. Quatre d'un côté, quatre de l'autre. Tous occupés par des formes sous les draps qui semblaient respirer de façon lente et régulière.

Amy se leva sans bruit. Retenant son souffle, elle alla sur la pointe des pieds vers le lit le plus proche.

Des cheveux bruns et raides dépassaient du drap blanc qui recouvrait le visage. Amy se dirigea vers un autre lit. La dormeuse, qui avait elle aussi des cheveux bruns raides, était allongée sur le ventre, le visage dans l'oreiller.

La suivante avait des cheveux bruns mais courts. Amy eut alors un pressentiment désagréable. Elle fit lentement le tour du lit. Les traits de la jeune fille étaient difficiles à distinguer dans l'obscurité mais la vision parfaite d'Amy lui permit de les voir.

La fille fermait les yeux. Cependant, il n'y avait aucune erreur possible : c'était sa propre réplique qu'Amy contemplait. Un clone.

Elle resta ainsi quelques minutes, à scruter la jeune fille endormie. Elle avait perdu toute notion du temps. Lorsqu'elle eut enfin repris ses esprits, elle traversa la pièce vers l'autre rangée de lits, sachant déjà ce qu'elle y trouverait. Une Amy, puis une autre... et une autre... et une autre encore...

Ce fut sans doute le choc de la découverte qui l'empêcha d'entendre quelqu'un approcher dans son dos.

— Tu n'as pas mangé tout ton dîner, n'est-ce pas ? demanda Candy d'une voix triste.

Avant qu'elle ait pu réagir, Amy sentit qu'on lui plaquait un linge doux sur le visage. Et puis...

Plus rien.

7

À l'hôtel, Natasha essayait de se changer les idées. Vautrée sur le canapé, elle regardait la télévision. Mais les images défilaient sans retenir son attention.

— Où est ton frère ? demanda sa mère en entrant dans la suite.

— J'en sais rien.

Mme Morgan l'observa quelques instants.

— Dans quel restaurant as-tu envie d'aller dîner ce soir ? Ton père a une préférence pour Chinatown. Je sais qu'Éric aimerait bien essayer le Hard Rock Café. Et toi ?

— Je n'ai pas faim.

— Que dirais-tu de Planet Hollywood ? continua sa mère. À moins que nous ne trouvions un endroit plus typiquement new-yorkais.

Elle n'arrêtait pas de parler. Natasha savait que sa mère s'efforçait de lui faire oublier ses préoccupations, mais elle devrait trouver mieux que le choix d'un restaurant pour cela.

— Je n'ai pas faim, maman.

— Ce n'est pas en sautant des repas que tu vas aider ton amie. Et il n'est pas question que tu passes la semaine à te morfondre dans une chambre d'hôtel. Amy t'en voudrait beaucoup.

— Je ne veux pas sortir, rétorqua Natasha d'un ton obstiné. Et si elle appelle ?

— Je viens de parler au Dr Markowitz. Amy se repose et rien ne laisse craindre une aggravation quelconque de son état. Elle va très bien.

— J'aimerais que ce soit Amy en personne qui me le dise, marmonna Natasha.

— Le médecin promet que, sauf accident, elle sortira demain soir.

— Elle ratera le concours le matin.

— Oui, c'est vraiment dommage. Mais elle pourra se représenter l'année prochaine. Je ne suis même pas sûre que ce soit très important pour elle. Elle avait surtout l'air contente d'aller à New York.

— Ouais. Et elle s'amuse comme une folle, n'est-ce pas ?

— Je n'y peux rien, Natasha. Vous vous rattraperez quand Amy sortira de l'hôpital. On peut faire beaucoup de choses en quatre jours.

À ce moment-là, Éric entra.

— Où étais-tu ? demanda Mme Morgan.

— À la bibliothèque.

Natasha écarquilla les yeux. Éric n'avait pas l'habitude de fréquenter ce genre d'endroit.

— La grande bibliothèque, expliqua Éric. Sur la Cinquième Avenue. Avec les lions de pierre devant.

— Pour quoi faire ? demanda Mme Morgan. Note que je ne te le reproche pas, s'empressa-t-elle d'ajouter.

— Je voulais vérifier quelque chose, dit Éric en enlevant sa veste. Au sujet de l'hôpital où se trouve Amy.

— Quoi ? interrogea Natasha.

Éric eut l'air embarrassé.

— Je voulais juste m'assurer que... qu'il était légal... enfin, que c'était bien un véritable hôpital.

— Évidemment, que c'est un véritable hôpital ! s'exclama Mme Morgan. Tu l'as vu toi-même. Que voudrais-tu que ce soit d'autre ?

— Je ne sais pas. Une espèce de laboratoire où l'on kidnappe des gens pour servir de cobayes. Je voulais juste être sûr qu'Amy ne s'était pas fait enlever.

— Enlever !

Mme Morgan dévisageait son fils comme si elle commençait à douter de sa santé mentale.

— Et pourquoi voudrait-on l'enlever ?

Les regards de Natasha et de son frère se croisèrent.

— Eh bien, c'est une ville dangereuse, continua Éric d'un ton évasif. Il y a peut-être un gang qui kidnappe les touristes pour... pour faire du trafic d'organes.

— Tu regardes trop la télévision, mon bonhomme. Maintenant, va te préparer. Nous dînons dehors.

Mme Morgan disparut dans sa chambre.

— Tu as trouvé quelque chose ? demanda aussitôt Natasha.

— C'est un hôpital tout ce qu'il y a de normal. La bibliothécaire m'a montré l'annuaire médical. C'est un des meilleurs centres thérapeutiques du pays. Des tas de gens célèbres s'y font soigner.

Natasha aurait dû se sentir soulagée, mais elle était presque déçue. Il ne leur restait plus qu'à attendre qu'on veuille bien laisser sortir Amy.

On frappait à la porte. Natasha s'extirpa du canapé pour aller ouvrir. C'était Jeanine.

— Qu'est-ce que tu veux ?

— Ta mère m'a invitée à dîner avec vous ce soir.

— Génial ! grommela Natasha en ouvrant grande la porte.

Jeanine entra d'un pas guilleret.

— Salut, Éric ! Qu'est-ce qui t'arrive ? Tu as l'air sinistre !

— C'est clair ! s'écria Natasha d'une voix aiguë. Sa petite amie, ma meilleure amie, est à l'hôpital et on est hyper-inquiets. Tu te fiches des autres, toi, tu ne t'intéresses qu'à toi. Tu dois même être contente, finalement ! Ça te donne une chance de remporter le concours !

Jeanine en resta bouche bée. Derrière elle, Mme Morgan venait d'entrer.

— Natasha ! s'exclama-t-elle, scandalisée.

Jeanine lui jeta un regard rapide, puis elle fondit en larmes.

— Comment peux-tu dire des choses pareilles, Natasha ? Je suis aussi inquiète que toi pour Amy ! Je n'ai pas dormi de la nuit. Je n'ai même plus envie de participer à ce stupide concours demain ! ajouta-t-elle en s'effondrant dans un fauteuil.

— Oh, mon Dieu ! gémit Mme Morgan en se précipitant pour la consoler. Je suis sûre que Natasha ne voulait pas être blessante. Elle se fait beaucoup de souci, elle ne savait pas ce qu'elle disait. N'est-ce pas, Natasha ?

Si celle-ci n'avait pas mieux connu Jeanine, elle aurait pu croire que cette peste s'inquiétait réellement pour Amy.

— Je sais ce que tu penses, pleurnicha Jeanine. Tu crois que je déteste Amy. Mais ce n'est pas vrai ! En fait, on s'aime beaucoup. Et je suis morte d'inquiétude, moi aussi !

— Ça va, calme-toi ! dit Éric d'un ton bourru.

Natasha regarda son frère. Il avait l'air de se laisser attendrir. Pour un peu, Jeanine paraîtrait presque sincère. La maladie d'Amy l'aurait-elle bouleversée au point de la transformer en être humain ?

— Natasha ! s'indignait sa mère, hors d'elle. Dis quelque chose !

Celle-ci sentit qu'elle allait au-devant de gros ennuis si elle ne faisait pas un geste. Serrer Jeanine dans ses bras en la suppliant de lui pardonner ? Pas question. Amy, elle, aurait su que faire.

Ce qui lui donna une idée. Elle alla fouiller dans le tiroir du haut de sa commode et revint en courant vers Jeanine qui reniflait toujours.

— Écoute, je suis désolée, s'excusa-t-elle. Je suis tellement retournée que je ne sais plus ce que je dis.

— Je comprends, murmura Jeanine d'une toute petite voix. Qu'est-ce que c'est ?

Elle écarquillait les yeux sur la chaîne que tenait Natasha.

— C'est le collier d'Amy, son pendentif en croissant de lune. Je ne voulais pas qu'on le lui vole à l'hôpital, alors je le lui ai enlevé quand elle était évanouie. C'est une sorte de porte-bonheur.

Jeanine examina le collier. Il ne semblait guère lui plaire. Évidemment, il n'était pas serti de diamants.

— C'est vraiment de l'argent ? Je suis allergique au nickel.

— Oh, c'est vrai ? s'exclama Natasha. Moi aussi. Je suis sûre que c'est de l'argent. De toute façon, tu ne pourras le porter que jusqu'à demain. Amy voudra le récupérer.

Jeanine prit le collier du bout des doigts comme s'il était contagieux. Mais elle réussit à sourire.

— Merci, susurra-t-elle. Comme ça, je penserai à elle pendant que je rédigerai ma dissertation.

— Je vais te l'attacher, proposa Mme Morgan. Vous êtes tous prêts à partir dîner ? Je vais prévenir votre père.

— Tu sais, reprit Natasha, si tu es allergique aux bijoux qui contiennent du nickel, il suffit de couvrir la partie en contact avec ta peau de vernis incolore. Tu n'auras plus de boutons.

— Je ne porte que de l'argent ou de l'or,

répondit Jeanine en se dandinant devant la glace. Ça, j'ai bien l'impression que c'est de la camelote.

Elle n'avait pas changé le moins du monde.

Les lits étaient numérotés de un à huit. De là où elle était allongée, Amy pouvait lire les cartes fixées à leur pied. Elle ne voyait pas le numéro du sien. Mais, à coup sûr, il s'agissait du même que celui figurant sur le bracelet de plastique qu'on lui avait attaché au poignet pendant qu'elle était inconsciente. Le sept. Le chiffre qui l'identifiait également dans le laboratoire du gouvernement, douze ans auparavant.

Elles se réveillaient, à présent. Seule leur coiffure permettait de les distinguer. Amy avait déjà croisé deux de ses clones. Et chaque rencontre avait été une surprise, un choc. Évidemment, il lui était aussi arrivé de les imaginer toutes ensemble, les douze. Mais se retrouver comme ça avec sept autres Amy... Elle en avait le vertige.

Les jeunes filles regardaient autour d'elles, et diverses émotions se peignaient sur leur visage : la stupéfaction, la colère et puis la peur.

Personne ne disait rien. Amy ne pouvait se décider à parler... elle attendait que le cauchemar se dissipe.

— Je pense... que j'ai toujours su que j'étais différente des autres, annonça alors Numéro Cinq, avec une lenteur délibérée.

Numéro Quatre avait remonté les genoux sous son menton et les entourait de ses bras.

— Quand j'étais petite, j'aimais faire croire que j'avais une sœur jumelle, fit-elle d'une voix rêveuse comme si elle se parlait à elle-même. Parfois je disais qu'on était des triplées.

— Et comment dit-on quand il y en a huit ? demanda Numéro Six. Des octuplées ?

— Un truc dans ce genre, répondit Numéro Deux.

— On a dû être séparées à la naissance ! s'exclama Numéro Quatre.

Un silence pesant s'installa. Puis Numéro Cinq reprit la parole.

— Comment t'appelles-tu ? demanda-t-elle en regardant Numéro Un.

— Amy.

— Moi aussi ! s'écria Numéro Deux en la fixant d'un air ahuri.

— Moi aussi ! s'exclama à son tour Numéro Trois.

Et toutes annoncèrent le même prénom, les unes après les autres.

— Amy.

— Amy.

— Amy.

— Moi aussi, dit Numéro Cinq en hochant la tête.

Toutes se tournèrent vers Amy.

— Oui, moi aussi je m'appelle Amy, dit-elle.

— Je n'y crois pas ! murmura Numéro Deux. Ça ne peut pas être une coïncidence. Qui irait donner le même nom à huit bébés ?

— Le problème n'est pas là pour le moment, intervint Numéro Huit. Je veux savoir ce qu'on fait ici.

Personne n'avait de réponse à donner.

— Vous avez une marque sur l'épaule ? demanda Amy. Un croissant de lune ?

— Moi oui, dit Numéro Un.

Elles l'avaient toutes. Mais aucune ne parut trouver cela plus surprenant que le fait d'avoir le même visage. Amy comprit alors qu'elles n'avaient aucune idée de leurs origines. De toutes les Amy réunies ici, elle était la seule à connaître la vérité. Du moins en partie. Car, comme les autres, elle ignorait pourquoi on les avait amenées ici.

Au fait, où étaient les quatre dernières ?

La porte de la chambre s'ouvrit, et Amy Trois laissa échapper un petit cri. Pourtant, Candy ne paraissait pas plus effrayante que la veille. Et elle était toujours d'aussi bonne humeur.

— Qui a faim ? demanda-t-elle d'une voix chantonnante.

Elle était suivie d'une fille en blouse rose, qui poussait une longue table à roulettes, couverte de différents plats et de vaisselle.

— J'espère que ça ne vous ennuie pas de vous servir vous-mêmes, continua Candy. Nous avons pensé qu'un buffet serait plus pratique.

Amy la dévisageait, ébahie. L'infirmière se comportait comme si elle les recevait pour un anniversaire. Seule Numéro Cinq réagit.

— Qu'est-ce qui se passe ? lança-t-elle en bondissant de son lit. Qu'est-ce qu'on fait ici ?

— Ne t'inquiète pas, tout se passera bien, la rassura Candy. Tu n'as pas froid dans cette chemise de nuit trop fine ?

— Répondez ! insista Numéro Cinq.

— Vous avez des chaussons sous vos lits et vous trouverez des peignoirs dans le placard, continua Candy d'un ton désinvolte.

Amy Huit sortit à son tour de son lit et s'avança d'un air menaçant sur l'infirmière.

— Écoutez, vous nous dites ce qui se passe ou je vous cogne dessus ?

Candy fit un pas en arrière. Numéro Huit

serrait les poings et semblait prête à attaquer. Amy se demanda si elle connaissait sa force.

— Ce n'est pas vous la responsable ici, n'est-ce pas ? intervint alors Numéro Cinq en s'interposant entre elles.

Candy secoua la tête.

— C'est au Dr Markowitz qu'il faut le demander. Elle vous expliquera tout.

— On veut la voir. Tout de suite, dit Numéro Cinq d'une voix calme mais autoritaire.

— Je vais essayer de la trouver, répondit Candy, qui avait repris ses esprits. Mangez, jeunes filles. Et mettez vos chaussons avant d'attraper froid.

Elle fit signe à la fille en rose et toutes deux sortirent de la chambre.

Personne, ici, ne pouvait prendre froid, pensa Amy. Candy ne le savait-elle pas ? Ou Amy était-elle la seule dans ce cas ? Cependant, Numéro Cinq soulevait un couvercle et découvrait un plat de nouilles au thon qu'elle renifla.

— L'odeur semble normale, commenta-t-elle.

— Ne comptez pas sur moi pour goûter la première, prévint Numéro Huit.

— Ce n'est certainement pas empoisonné, dit Amy. Ils ne veulent pas nous tuer.

— Comment tu le sais ? demanda Numéro Huit avec un regard soupçonneux.

Amy hésita. Les autres étaient-elles prêtes à entendre ce qu'elle savait ? Elle avança une autre explication.

— S'ils avaient voulu nous tuer, ils l'auraient fait pendant qu'on dormait.

Les cinq autres étaient sorties de leur lit et s'approchaient pour inspecter les plats.

— Je n'ai pas faim, de toute façon, murmura Numéro Deux.

— Je crois savoir pourquoi nous sommes ici, annonça soudain Numéro Quatre.

Elles se tournèrent toutes vers elle.

— Comme je le disais tout à l'heure, expliqua-t-elle, nous avons été séparées à la naissance. Nos parents nous ont fait adopter ou peut-être que notre mère était seule et n'avait pas les moyens de nous garder. Maintenant elle est riche et elle a engagé le Dr Markowitz et Candy pour nous kidnapper et nous réunir.

Amy était impressionnée. Jamais elle n'aurait fait preuve d'une telle imagination. Peut-être leur structure génétique supérieure se manifestait-elle différemment chez chacune d'entre elles ?

— Dis-moi pourquoi notre mère nous aurait donné le même prénom.

Amy pensait que c'était Numéro Deux qui venait de parler, mais, maintenant qu'elles avaient quitté leurs lits respectifs, elle n'en était plus certaine.

— C'était peut-être son prénom préféré, avança Numéro Quatre. Et, comme elle ne nous gardait pas, ça n'avait pas d'importance qu'on s'appelle toutes pareil. Ou... ou peut-être qu'elle ne nous a pas donné de noms du tout, et que nos parents adoptifs ont choisi le même par hasard. C'est un prénom assez courant.

— Pas à ce point, quand même ! rétorqua Numéro Huit en lui jetant un regard méprisant.

— J'ai faim, dit une fille en s'approchant du buffet, où elle prit une assiette.

— Ne mange rien ! ordonna soudain Amy. Attends.

— Pourquoi ? Tu as dit toi-même que la nourriture n'était pas empoisonnée.

— Oui, effectivement, mais maintenant j'ai une autre idée. Écoutez, je ne sais pas pourquoi on est ici, mais ils attendent quelque chose de nous. Et personne ne se presse pour nous l'expliquer, d'accord ? Alors je suggère de ne plus rien faire tant qu'on ne nous aura pas donné d'informations.

— Tu crois qu'on ne devrait pas manger ? demanda Numéro Cinq.

Amy hocha la tête.

— On leur dira qu'on fera la grève de la faim jusqu'à ce qu'ils nous aient expliqué ce qui se passe.

— Mais j'ai la dalle, gémit la fille près de la table. C'est ton problème si tu ne veux pas manger, seulement je ne vois pas pourquoi je devrais me priver moi aussi.

— On doit s'unir contre eux, insista Amy. Nous serrer les coudes. C'est notre dernier recours maintenant.

— Qu'est-ce qui te prouve qu'ils sont contre nous ? demanda Numéro Cinq. Ils ne nous ont fait aucun mal.

— Pas encore, chuchota Numéro Trois juste avant de fondre en larmes.

— Je ne sais pas ce qu'il te faut ! s'exclama Amy en regardant fixement Numéro Cinq. Ils nous ont enlevées, ils nous ont droguées, ils nous retiennent contre notre volonté. Ce n'est pas exactement ce que j'appelle une attitude amicale.

— Même si c'est vrai, rétorqua Numéro Cinq sans se démonter, je pense qu'il vaut mieux ne pas les contrarier. Et si on doit se battre contre eux, il est préférable de prendre des forces. Alors mangeons.

— Je suis d'accord, acquiesça Numéro Huit.

Elles commencèrent aussitôt à se servir.

Amy, elle, s'écarta de la table. Une autre Amy semblait trouver ses arguments convaincants. Elle s'approcha d'Amy, qui la reconnut aisément à son visage inondé de larmes.

— Tu es Numéro Trois, c'est bien ça ? Moi, je suis Numéro Sept.

— Je crois que tu as raison, chuchota Numéro Trois. On devrait se serrer les coudes. Et refuser de faire ce qu'ils nous demandent.

— C'est clair.

— Je n'ai pas faim, de toute façon, ajouta la fille en jouant avec la chaîne autour de son cou. J'ai trop peur.

— Ne t'inquiète pas, la rassura Amy. N'oublie pas qu'on est embarquées sur la même galère.

Numéro Trois se remit à pleurer. Amy lui passa un bras autour des épaules et la serra contre elle. C'est à ce moment-là qu'elle remarqua ce qui pendait au bout de sa chaîne.

Un croissant de lune. Exactement comme le sien. Une onde de choc la parcourut, aussi forte que celle qu'elle avait ressentie à son réveil en les voyant toutes.

C'était le Dr Jaleski qui lui avait fabriqué ce croissant. Il lui avait dit qu'il n'avait pas la moindre idée de l'endroit où se trouvaient les autres Amy. Qu'il ne les avait jamais revues depuis l'incendie du laboratoire. Mais Numéro Trois portait un de ses croissants de lune. Et, en observant les autres filles, Amy s'aperçut que chacune avait une chaîne autour du cou. Le pendentif disparaissait sous les chemises de nuit mais elle était certaine de savoir à quoi il ressemblait.

Le Dr Jaleski leur avait donné à toutes le même croissant de lune. C'est donc qu'il les connaissait. Et qu'il lui avait menti.

Amy s'efforçait de réconforter Numéro Trois, en se disant que rien ne pourrait la consoler, elle. Elle avait fait totalement confiance au Dr Jaleski. Maintenant, pourrait-elle jamais se fier à quiconque ?

8

Une violente émotion s'emparait d'Amy. Voir tant de ses clones en même temps, à quelques pas d'elle ! Ses sœurs... des sœurs dont elle ne connaissait rien. Elle ne pouvait les quitter des yeux. Pourtant il ne lui était pas facile de les regarder dévorer alors qu'elle-même mourait de faim ! Mais si elle voulait gagner leur confiance, il fallait qu'elle donne l'exemple, qu'elle tienne bon. Les autres finiraient bien par la respecter.

Elle avait au moins une Amy de son côté : Numéro Trois.

— Tu n'habites pas New York ? demanda-t-elle pour engager la conversation.

— Non, le Kansas.

La carte des États-Unis se dessina dans la tête d'Amy.

— C'est pile au milieu du pays.

— Et nous habitons en plein milieu de l'État.

— Comment es-tu arrivée ici ?

— Quoi, à New York ? Je suis en vacances avec mes parents et mes trois frères.

— Trois frères ! Je suis fille unique.

— Tu as de la chance. Moi, je suis la plus jeune et tout le monde me traite comme un bébé.

Ce qui expliquait sans doute son comportement puéril, pensa Amy.

— Tu es en cinquième ?

— On vit dans une ferme éloignée de tout, reprit Amy Trois. C'est ma mère qui nous donne des cours.

Numéro Trois ne devait pas voir beaucoup d'enfants de son âge. Ce qui signifiait qu'elle n'avait guère eu l'occasion de se comparer aux autres.

Amy observa les autres filles et enregistra quelques bribes de conversation. Numéro Deux était du New Jersey. Numéro Huit vivait carrément ici, à Brooklyn. Numéro Quatre, originaire d'Espagne, participait à un échange linguistique. Numéro Cinq, de Virginie, voyageait avec sa classe. Numéro Un chantait dans une célèbre chorale en tournée. Numéro Six venait d'Australie. Comme Numéro Trois, elle était en vacances avec sa famille.

Elles étaient apparemment arrivées à l'hôpital dans les mêmes conditions. Prises d'un malaise, elles avaient perdu connaissance et s'étaient ensuite réveillées ici.

Fallait-il voir une pure coïncidence dans leur arrivée simultanée à New York ? L'Organisation avait-elle juste profité de ce hasard ? Ou avait-on réussi à les attirer à leur insu ? Où étaient les quatre clones qui manquaient ? Combien de temps allait-on les retenir ici ?

Et qu'allait-on leur faire ?

Amy se sentit presque soulagée lorsque le Dr Markowitz arriva en compagnie de Candy. La fille en rose qui les suivait retira la table roulante. Alors, le médecin se planta au milieu de la chambre, un sourire satisfait aux lèvres. Comme si elles obéissaient à un ordre, les filles regagnèrent automatiquement leurs lits et s'assirent.

— Je sais que vous avez des tas de questions à poser, commença le Dr Markowitz. Vous voulez savoir pourquoi vous êtes ici et ce qui vous attend. Je vais tout vous expliquer.

Elles étaient suspendues à ses lèvres.

— Il y a treize ans, une expérience baptisée programme Croissant a été menée à Washington. Du matériel génétique humain a été collecté chez des êtres d'une qualité exceptionnelle. Dans un laboratoire, des embryons humains ont été créés, clonés et cultivés. Vous êtes le résultat du programme Croissant. Vous n'êtes pas des filles de douze ans ordinaires. Ceux que vous appelez papa et maman n'ont aucun lien génétique avec vous. Vous êtes totalement identiques. Vous êtes exceptionnelles.

Elle marqua une pause. Dans un silence de plomb, les filles tentaient d'assimiler le sens de ses paroles. Amy essaya de lire les réactions sur les visages de ses « sœurs ».

— Vous n'êtes pas des monstres, reprit le médecin. Vous êtes des êtres humains, mais vous êtes supérieures à vos frères et sœurs, à vos parents, à vos professeurs. Vous êtes meilleures que tous les autres. Vous pouvez faire des choses que personne ne peut réaliser.

La peur disparaissait peu à peu des visages.

— Nous vous avons amenées ici pour évaluer les résultats du programme Croissant. Au cours des jours à venir, vous serez observées et testées pour déterminer votre degré de supériorité sur l'être humain moyen. Vous n'avez rien à craindre. Les médecins qui vous examineront sont tous des scientifiques qui ont travaillé sur le projet initial. J'étais moi-même directrice du

programme Croissant. D'une certaine façon...
(elle sourit) nous sommes vos parents. Nous
n'avons à cœur que votre intérêt.

Elle se dirigea vers le lit de Numéro Cinq et
s'assit.

— Je sais que vous devez avoir des questions
à poser.

L'une après l'autre, les Amy s'approchèrent
d'elle.

Toutes sauf une.

Amy resta sur son lit. En tournant machinalement son pendentif entre ses doigts, elle cher-
chait ce que tout cela signifiait.

Le Dr Markowitz ne disait pas l'entière
vérité. D'abord, elle n'était pas le directeur du
programme Croissant : c'était le Dr Jaleski.

Une vague de doutes assaillit Amy. Il lui avait
menti pour les clones. Pourquoi n'aurait-il pas
menti quant à son rôle ? Mais sa propre mère
lui avait dit qu'elle travaillait sous les ordres du
Dr Jaleski. Un nouveau soupçon encore plus
horrible s'insinua dans son esprit... Amy pou-
vait-elle lui faire confiance... ? Nancy était cen-
sée donner une conférence en Afrique, mais le
Dr Markowitz avait dit que tous les scientifiques à l'origine du projet étaient là. Nancy fai-
sait-elle partie de l'équipe ? Cette conférence
n'était-elle qu'un alibi ?

— Tu n'as aucune question à poser au Dr Markowitz ? lui demanda Candy, qui se tenait au pied de son lit.

— Non.

— Cela ne t'intéresse donc pas ? insista-t-elle, étonnée. Bon sang, je ne te comprends pas ! Et qu'est-ce que c'était que cette histoire de grève de la faim ?

— Comment savez-vous ?... articula Amy, stupéfaite.

— Ce serait tellement mieux si tu voulais bien coopérer, reprit Candy d'un ton de reproche.

— Mieux pour qui ?

L'infirmière se contenta de lui décocher son petit sourire plein d'entrain et rejoignit les autres sur le lit de Numéro Cinq. Amy regarda discrètement autour d'elle. Il devait y avoir un micro quelque part. Sinon comment Candy aurait-elle pu savoir qu'elle avait parlé de grève de la faim ?

Alors qu'elle continuait distraitement à jouer avec son pendentif, elle le trouva différent au toucher. Elle l'examina et remarqua une traînée sombre sur le croissant de lune. Elle avait vu le même genre de tache sur le bracelet de Natasha, là où le placage en argent s'était usé.

Son porte-bonheur n'était donc même pas en argent. Ça cadrait avec le reste.

— Amy Numéro Sept !

Elle leva la tête. Le Dr Markowitz la regardait.

— Oui ?

— Tu n'écoutais pas, reprocha le médecin.

— Je regardais mon collier.

Le Dr Markowitz sourit.

— Il te plaît ? C'est un petit cadeau de notre part.

— Je me demandais d'où ça venait, intervint une autre Amy en examinant le sien.

— Je vous les ai mis pendant votre sommeil, dit Candy. Ne sont-ils pas jolis ?

Amy ne comprenait plus rien. Elle considéra de nouveau le sien.

— Combien de temps on doit rester ici ? reprit une autre Amy.

— Juste quelques jours, la rassura le médecin. Dès que nous aurons le résultat de vos examens, vous pourrez repartir dans vos familles.

— On sera bloquées dans cette chambre tout le temps ?

— Non, nous vous préparons une salle de jeux. Vous pourrez vous y rendre après les tests de la journée.

— Pour ces examens, s'inquiéta une autre Amy, vous devrez nous faire des piqûres ?

— Non, aucune, dit le Dr Markowitz. Les tests d'aujourd'hui porteront sur la vision et l'audition.

— Je suppose que ce sera moi la première, dit Numéro Un sans enthousiasme.

— On peut passer en sens inverse, suggéra une autre. Ça ne me dérange pas d'être la première. C'est mortel ici et j'ai hâte d'aller à la salle de jeux.

— Très bien, dit gaiement le médecin. Nous procéderons donc dans l'ordre inverse.

Numéro Huit suivit alors le Dr Markowitz et Candy hors de la pièce. Les autres filles se remirent aussitôt à parler fiévreusement.

— J'ai toujours su que j'étais différente. Je le sentais !

— Les élèves à l'école m'accusaient de faire l'intéressante.

— Je cours plus vite que mon grand frère. Ça le rend fou.

Amy détacha son pendentif et le glissa discrètement sous son oreiller.

— Qu'est-ce que tu fais ? interrogea Amy Cinq.

Amy posa un doigt sur ses lèvres et articula silencieusement :

— *Enlève ton collier.*

— Quoi ?

— Enlève ton collier.

Amy espérait être assez loin des autres pour que ses paroles ne soient pas captées par un des pendentifs.

Mais, grâce à leur ouïe très sensible, les Amy, elles, avaient entendu.

— Pourquoi ? demanda Numéro Cinq.

— Chut ! Je crois qu'il y a un micro dans nos pendentifs. Ça leur permet de nous espionner, chuchota Amy.

— Mais pourquoi ils feraient ça ? demanda Numéro Six d'une voix claire. Ils sont de notre côté. Tu n'as pas entendu ce que disait le Dr Markowitz ?

— Si, mais je ne la crois pas, répondit Amy, exaspérée.

Elle ne faisait même plus l'effort de parler à voix basse. Car peu importait maintenant qu'elles retirent leurs colliers. Ceux qui les écoutaient avaient dû entendre Numéro Six.

Numéro Trois commençait à décrocher le sien sous le regard intéressé de Numéro Six.

— Pourquoi tu ne crois pas le médecin ?

— Parce qu'elle nous a menti, reprit Amy. Ce n'était pas elle le directeur du programme Croissant. Je le sais parce que ma mère était parmi les savants à l'origine du projet. J'ignore ce qu'ils cherchent, mais vous pouvez être sûres qu'ils ne sont pas de notre côté. Ils veulent juste se servir de nous.

— Pour quoi faire ? demanda Numéro Quatre.

Amy prit une profonde inspiration. Il était temps de leur révéler la vérité.

— Tout ce qu'elle nous a dit... sur ce que nous sommes... je le savais déjà. Le programme Croissant...

— Pourquoi on devrait te croire ? interrompit Numéro Cinq.

— Parce que je suis des vôtres ! On doit se serrer les coudes, tu piges ? continua Amy en parlant à toute vitesse. Les véritables scientifiques qui travaillaient sur le programme Croissant l'ont anéanti parce qu'il était dangereux. Les gens qui étaient derrière tout ça voulaient s'emparer du monde ! Ce Dr Markowitz et tous ceux qui travaillent avec elle doivent appartenir à l'Organisation qui avait élaboré ce programme.

Amy s'était exprimée avec ferveur et conviction, persuadée que les autres sentiraient la sincérité de ses paroles. Plusieurs clones semblaient sur le point de l'interroger plus en détail lorsque Numéro Cinq leur coupa l'herbe sous le pied.

— Attends, d'accord ? On est un peu perdues, là. Avec ce qu'on vient d'apprendre, il y a de quoi flipper, tu ne crois pas ? Moi, je pense qu'on devrait faire ce que les médecins nous demandent, pour le moment. Quand on saura ce qu'ils veulent, on verra si oui ou non on coopère avec eux. Ça pourrait même être une expérience enrichissante. On en saura plus sur nos capacités !

— Tu te trompes ! s'exclama Amy. Tu ne peux pas leur faire confiance !

La porte de la chambre s'ouvrit. Candy entra.

— Numéro Sept, c'est ton tour.

Amy comprit que les autres attendaient de voir comment elle réagirait. Elle savait ce qu'il lui restait à faire.

— Non, dit-elle en secouant la tête.

— Pardon ? demanda Candy.

— Je ne bouge pas d'ici.

— Ne fais pas la mauvaise tête, gronda Candy. Tu n'as rien à craindre. Le Dr Markowitz vous a assuré que les tests ne faisaient pas mal.

— Pas question. Je refuse. Vous allez me forcer ?

L'atmosphère était tendue. Amy aurait bien

aimé se sentir soutenue par ses clones. Mais elles n'étaient pas prêtes à s'engager derrière elle. Pas encore.

— Nous ne forcerons personne, dit Candy. Mais il s'agit d'un travail d'équipe, et j'ai l'impression que tu ne veux pas y participer. Les filles, voulez-vous garder dans votre groupe quelqu'un qui refuse d'en faire partie ?

— Non, répondit Numéro Cinq. Je suis désolée, Sept. Mais on doit rester unies, et si tu ne veux pas nous suivre...

Elle se tut. Elle semblait sincèrement désolée.

— Vous êtes toutes d'accord avec moi pour que Numéro Sept s'en aille ? demanda Candy.

Numéro Un et Numéro Deux hochèrent la tête. Amy regarda sa seule alliée, Numéro Trois, qui gardait les yeux baissés sur ses pieds. Aucune aide à attendre de ce côté.

Candy lui tenait la porte ouverte. Amy s'avança.

— Numéro Trois, remets ton collier, dit Candy.

Amy se retourna. Numéro Trois lui jeta un regard plein de remords mais elle rattacha la chaîne autour de son cou.

Amy suivit l'infirmière dans le couloir. Devait-elle en profiter pour tenter de s'enfuir ?

Concentrant son regard sur une porte close surmontée du panneau SORTIE, elle la trouva fermée à clé.

En même temps, elle se rappela qu'elle était plus forte que Candy, le Dr Markowitz et tous ceux qui devaient participer à ces tests.

L'infirmière s'arrêta devant une porte, sortit une clé de sa poche et l'ouvrit.

— Voilà ta chambre, désormais.

— Et si je refuse d'y entrer ?

— Franchement, tu n'es pas gentille ! Bien sûr que je ne peux pas te forcer. Mais tes sœurs ne veulent plus de toi. Je suis sûre qu'elles n'auront aucun mal à te faire entrer dans cette pièce.

Certes, elle ne serait pas de force contre sept Amy. Elle entra.

— Préviens-moi si tu changes d'avis, reprit Candy de sa voix chantonnante. Les autres accepteront peut-être de te reprendre. Quoique, vu la façon dont tu t'es conduite, je n'y compterais pas trop, à ta place.

Elle referma la porte et Amy entendit la clé tourner dans la serrure.

Elle était seule.

9

Cette pièce n'avait rien d'un cachot, mais ressemblait plutôt à un placard ou à une remise. Cependant elle était vide, sans même une chaise pour s'asseoir. Me voilà en quarantaine, se dit Amy. Elle n'était plus du tout certaine d'avoir agi très intelligemment ; isolée, elle ne pouvait espérer faire l'union des Amy.

Elle se demanda ce que Natasha pouvait bien penser en ce moment même. Qu'avait-on raconté aux Morgan ? Qu'elle était malade, qu'elle ne pouvait recevoir aucune visite ? Natasha et Éric devaient se douter de quelque chose. Diraient-ils la vérité à leurs parents ? Avaient-ils appelé sa mère ?

Amy échafaudait des scénarios de plus en plus compliqués... Un frisson la parcourut. Un jour, elle avait vu un film sur un prisonnier en quarantaine. Seul, privé de toute perception sensorielle, il était devenu fou. Était-ce ce qu'ils cherchaient ? Et ses pouvoirs pouvaient-ils la protéger de la folie ?

Elle s'assit par terre, luttant contre l'affolement qui lui serrait la gorge. Elle n'avait pas peur de se battre, de courir... mais se retrouver seule ainsi, c'était franchement effrayant. Il fallait qu'elle s'occupe, qu'elle se distraie, qu'elle fasse quelque chose.

Un sourire se dessina sur ses lèvres. Elle eut alors une bouffée de gratitude envers Natasha qui l'avait forcée à regarder *Grease* des douzaines de fois. Amy connaissait le film par cœur : chaque scène, chaque dialogue. Toutes les paroles des chansons étaient gravées dans sa mémoire. Elle ferma les yeux, évoqua l'image de John Travolta et d'Olivia Newton-John et fit défiler le film dans sa tête.

Olivia chantait *Hopelessly Devoted to You* quand Amy entendit la clé tourner dans la serrure. La fille en blouse rose entra avec un plateau de nourriture. Au moins n'avaient-ils pas l'intention de l'affamer !

— Qu'est-ce qu'il y a pour le déjeuner ?

La fille posa le plateau par terre sans répondre puis se tourna vers la porte.

— Attendez ! s'écria Amy.

La fille ne s'arrêta pas. Amy bondit et la

saisit par le bras, sans se voir opposer aucune résistance.

— Qui êtes-vous ? Vous travaillez ici ? Vous savez ce qui se passe ?

Mais un seul regard dans les yeux sans vie suffit. Amy comprit qu'elle n'avait rien à attendre de cette espèce de robot. Elle n'avait jamais vu un être humain aussi dénué d'expression. L'écartant d'un geste, elle s'approcha de la porte ouverte. Il n'y avait personne dans le couloir. Et elle aurait donné sa main à couper que la fille ne la poursuivrait pas si elle s'enfuyait. Mais pour aller où ?

Elle n'eut pas le temps de prendre de décision, car Candy apparut.

— Je parie que tu n'as rien mangé, gronda l'infirmière.

La fille en rose passa silencieusement entre elles et disparut au bout du couloir.

— Qu'est-ce qu'elle a ? demanda Amy.

— Cela ne te regarde pas, mademoiselle la curieuse. Retourne dans ta chambre.

— Je ne veux pas rester ici, se rebiffa Amy.

— Es-tu décidée à te comporter correctement ? Accepteras-tu de coopérer ?

— Oui.

Amy avait l'impression d'être une vilaine

petite fille de cinq ans qui s'excuse d'avoir fait des bêtises à la maternelle.

— C'est bien, ma chérie, la félicita Candy.

Elle sortit le croissant de lune de sa poche et Amy ne protesta pas quand elle le raccrocha à son cou.

— Voilà, conclut Candy d'une voix satisfaite. Maintenant, tu es exactement comme les autres.

Elle la raccompagna jusqu'au dortoir, où ne se trouvaient plus que deux Amy, Numéro Un et Numéro Deux.

— Qu'est-ce qu'on t'a fait ? demanda Numéro Un avec appréhension.

— Rien, répondit Amy.

— Tu vois, je te l'avais dit, répliqua Numéro Deux. Je ne connais pas ces gens, mais j'ai hâte de voir ce qu'ils veulent ! Pense à tout ce qu'on peut faire. Et ils vont nous aider ! De toute façon, si ce qu'ils nous ont dit est vrai, on est plus fortes qu'eux.

La fille en rose apparut à la porte et pointa le doigt vers Numéro Deux.

— À plus tard, lança allégrement celle-ci.

Amy Numéro Sept et Amy Numéro Un s'assirent sur des lits, l'une en face de l'autre. Numéro Un toucha son pendentif en jetant un regard interrogateur à Amy.

— Il y a sûrement un micro, répondit celle-ci en haussant les épaules.

Numéro Un semblait préoccupée. Amy se dit que, si elle osait lui parler franchement, elle s'en ferait peut-être une alliée.

— Est-ce vrai que tu chantes dans une chorale ?

Le regard d'Amy Un s'éclaira.

— Oui, j'adore chanter. Et toi ?

— Je n'ai jamais essayé, avoua Amy. Je ne crois pas avoir un sens artistique très développé.

— Pourtant on est pareilles ? s'étonna Numéro Un. On devrait avoir les mêmes talents.

— Peut-être qu'on a le même potentiel. Mais la façon dont on nous a élevées compte aussi, je suppose. Tes parents sont des artistes ?

— Mon père est musicien et ma mère professeur de danse. Ils ont dû déteindre sur moi... Mais j'ai toujours pensé que j'avais été adoptée. Et ce n'est pas tout... par exemple, je sais que j'ai une vision exceptionnelle. Tous les étés, on fait un grand voyage en voiture et c'est moi qui suis chargée de lire les panneaux. Ma famille en plaisante, ils disent que je peux voir à des kilomètres. Mais ce n'est pas une plaisanterie, n'est-ce pas ?

— Non.

— J'aurais tant de questions à te poser...

Amy secoua la tête en montrant le croissant de lune. Numéro Un comprit le message. Son visage s'assombrit. La fille en rose réapparut au même moment et pointa le doigt vers Amy Un.

— Comment peut-elle nous distinguer les unes des autres ? demanda cette dernière à voix basse.

— Je l'ignore. Elle doit pouvoir lire le numéro sur nos bracelets.

— Alors ça voudrait dire qu'elle est comme nous.

Amy contempla la fille silencieuse et impassible qui attendait, le doigt tendu.

Peu de temps après le départ de Numéro Un, la fille en rose revint et pointa le doigt vers Amy. Celle-ci la suivit le long du couloir et fut introduite dans une grande pièce.

— Tu es Numéro Sept ? marmonna un homme en blouse blanche.

— Oui. Et vous ?

Il grommela quelque chose qui ressemblait à Dr Zouzou et fit signe à Amy de s'asseoir.

— Vous faisiez partie des savants qui travaillaient sur le programme Croissant ? demanda Amy d'une voix qui se voulait décontractée.

Il hocha la tête. Puis il éteignit les lumières

et un tableau s'alluma sur le mur. C'était un panneau de lecture tout à fait normal.

Il se remit à marmonner et Amy crut comprendre qu'il lui demandait de lire les lettres. Elle le fit sans peine. Puis il appuya sur un bouton et une nouvelle série de lettres plus petites apparut. Et il répéta l'opération jusqu'à ce qu'elles soient d'une taille infinitésimale. Amy n'avait toujours aucune difficulté à les lire.

Le test d'audition lui parut, lui aussi, très simple. Le médecin lui mit des écouteurs puis tripota les boutons d'un appareil qui ressemblait à un magnétophone, en plus sophistiqué. D'après ce qu'elle avait compris, elle devait indiquer dans quelle oreille le son lui paraissait le plus fort.

Le médecin se mit à enfoncer et à tourner des boutons. Les premiers bruits étaient clairs et reconnaissables : un aboiement, un roulement de tambour. Puis ils devinrent plus doux et plus subtils : un froissement de papier, des pas feutrés.

Amy entendit alors dans une seule oreille comme un bourdonnement. Ou plutôt plusieurs bourdonnements... quelques-uns dans une oreille, davantage dans l'autre. Puis ce fut une véritable ruche. Le son assaillait ses deux oreilles de plus en plus fort. Si bien qu'elle eut l'impression de se trouver carrément dans la ruche au milieu des abeilles.

Les mains crispées sur les accoudoirs de son fauteuil, elle tenta de manifester son inconfort. Mais le médecin restait penché sur ses boutons. C'était comme si les abeilles vibraient en elle. Le bruit assourdissant lui remplissait la tête, le corps. Chaque bourdonnement semblait s'accompagner d'une piqûre. De millions de piqûres.

Amy aurait voulu arracher les écouteurs mais elle ne pouvait pas bouger. Elle était paralysée par le bruit. Le visage du médecin restait impassible.

Elle voulut crier, cependant son effort ne fit que diffuser la douleur à travers tout son corps. « Arrête de t'affoler », cria une petite voix au fond d'elle-même. « Tu peux contrôler ça, tu peux décider de ce que tu veux entendre. »

Elle se concentra sur la voix et, avec une détermination farouche, lutta contre cette douleur intolérable. Bien sûr, elle ne pouvait pas l'effacer. Elle réussit cependant à l'assourdir et à ne plus percevoir les bourdonnements qu'en fond sonore – un fond sonore désagréable, horrible, même, mais supportable. Combien de temps pourrait-elle tenir avant que ce bruit ne la submerge à nouveau ?

Soudain tout s'arrêta. Le silence se fit. Elle sentit qu'elle contrôlait à nouveau ses membres.

Elle arracha les écouteurs. Ses oreilles résonnaient encore un peu, mais ça allait mieux. Elle retrouva sa voix.

— C'est quoi ce délire ? hurla-t-elle.

Le médecin ne la regardait pas, étudiant un graphique qui sortait d'une imprimante.

— Qu'est-ce que vous avez fait ? cria-t-elle à nouveau.

Il ne bougea pas, ne tressaillit même pas. Et, tout à coup, elle comprit pourquoi ces bruits ne l'avaient pas dérangé, pourquoi ses paroles étaient si difficiles à comprendre. Il était sourd.

Elle tremblait de tout son corps, mais ça n'avait pas l'air de l'intéresser. La fille en rose réapparut.

Elle conduisit Amy à la salle de jeux, une pièce moquettée où étaient disposés des tables, des chaises et un canapé. Cinq autres Amy s'y trouvaient déjà, mais il y régnait un silence pesant. Amy les sentit tendues et lut une profonde souffrance dans leur regard. Elles avaient visiblement subi la même épreuve qu'elle.

Elle se dirigea vers la table devant laquelle Numéro Un se brossait les cheveux d'un air absent. Un véritable institut de beauté avait été installé à leur intention : produits pour la coiffure et le maquillage. Une autre Amy, Numéro Quatre, ouvrait machinalement les tubes de rouge.

Amy remarqua que Numéro Trois et Numéro Cinq n'étaient pas là. Et, dans tous les regards des Amy présentes, elle découvrit la même peur.

Elles l'écouteraient, maintenant. Mais comment leur parler avec ces pendentifs qui transmettaient la moindre parole ?

Une bouteille de vernis incolore accrocha brusquement son regard.

Amy s'en saisit et, après avoir vérifié que le petit pinceau était bien couvert d'une épaisse couche de vernis, elle l'appliqua sur son croissant de lune.

Numéro Un fut la première à comprendre le but de l'opération. Elle prit la bouteille, recouvrit de vernis son pendentif et la fit passer à sa voisine. Les autres, sans forcément saisir à quoi cela servait, firent de même.

— Vous avez compris maintenant qu'ils ne nous veulent pas du bien ? risqua Amy.

— J'étais en morceaux ! chuchota Numéro Huit en se touchant le front. J'ai cru que ma tête allait exploser.

Ses yeux s'emplirent de larmes.

Amy était bouleversée.

— Ça a dû être encore pire pour vous. Moi, j'en sais un peu plus que vous sur la façon d'utiliser nos capacités.

— Dis-nous ce qu'on doit faire, supplia Numéro Un.

— Nous sommes fortes, dit Amy. Ensemble, on peut les vaincre. On devra...

La porte venait de s'ouvrir. C'était Numéro Cinq. Elle aussi semblait bizarrement calme mais moins bouleversée que les autres.

— C'était plutôt pénible. Comment ça s'est passé pour vous ? demanda-t-elle en les rejoignant à la table.

Numéro Un mit un doigt sur sa bouche et entreprit de vernir son pendentif.

— Qu'est-ce que tu fais ? s'étonna Numéro Cinq.

— C'est pour empêcher les écoutes, expliqua Amy. Mais il faut agir vite avant qu'ils ne s'aperçoivent de notre ruse. Je crois qu'on ferait mieux de se séparer pour les attaquer tous en même temps. On est huit. Deux devraient suffire à maîtriser le Dr Markowitz, en revanche le médecin sourd est costaud, il vaudrait mieux qu'on se mette à trois contre lui.

— J'ai vu passer un autre médecin, dit Numéro Huit. Il n'est pas aussi grand mais il paraissait fort.

— Trois contre lui aussi, dit Amy. Bon, nous voilà engagées toutes les huit.

— Et la fille en blouse rose ? demanda Numéro Un.

— On ne peut pas s'occuper d'elle, trancha Amy. Elle n'a pas l'air de réagir à quoi que ce soit, de toute façon.

— Attendez, intervint Numéro Cinq. Je crois que vous ne jugez pas bien la situation, les filles.

— Ah bon ? demanda Numéro Un. Tu n'as pas subi cet horrible test auditif, toi aussi ?

— C'était mortel, acquiesça Numéro Cinq. Mais je ne crois pas qu'ils l'aient fait exprès. Ils ont eu un problème avec l'équipement. Le Dr Markowitz doit venir vous l'expliquer.

— Comment tu le sais ? demanda Amy.

Avant qu'elle ait eu le temps de répondre, le Dr Markowitz entra dans la salle, son chignon à moitié défait et le visage creusé par l'angoisse.

— Mesdemoiselles, je viens juste d'apprendre ce qui s'est passé. Je suis terriblement désolée. L'appareil a mal fonctionné. Le Dr Zyker s'en est aperçu seulement en examinant les résultats.

— Il n'avait qu'à arrêter la machine quand j'ai hurlé ! maugréa Numéro Deux d'une voix abattue.

— Le Dr Zyker est sourd, expliqua le Dr Markowitz. Pendant qu'il effectue les tests, ses yeux ne quittent pas l'affichage. Il ne pouvait pas savoir que vous souffriez. Il est complètement retourné par ce qui vous est arrivé. Comme nous tous...

Devait-elle sauter sur le Dr Markowitz tout de suite ? se demanda Amy. Les autres l'aideraient-elles ?

— Quand je pense à ce que vous avez dû endurer... continua le médecin en s'essuyant les yeux. Mais savez-vous ce que cela signifie, mesdemoiselles ? Des individus ordinaires seraient devenus totalement sourds après une telle expérience. D'autres, plus faibles, auraient pu en mourir. Alors que vous avez toutes survécu. Vous allez très bien. Vous êtes encore plus fortes que nous ne l'espérions. Nous pouvons réellement travailler ensemble maintenant, et canaliser la force et le talent que vous possédez. Mesdemoiselles, pensez à la vie que vous allez mener ! Vous pourrez tout faire !

Amy sentit l'inquiétude l'envahir devant la réaction de certaines filles. Gobaient-elles vraiment cette histoire à dormir debout ?

— Et je vous promets qu'il n'y aura plus jamais de problèmes, déclara solennellement le Dr Markowitz. Vous ne connaîtrez plus aucun désagrément, plus aucune souffrance. Vous êtes quelque chose d'unique au monde.

— On n'est pas des choses, rectifia Amy.

— Ah, nous avons une experte en grammaire ! commenta le Dr Markowitz, le regard étincelant. Un futur professeur de lettres ! Savez-vous, mesdemoiselles, que chacune d'entre vous trouvera un domaine dans lequel elle se spécialisera ? Les arts, les sciences, ou les affaires... mais, quoi que vous choisissiez, vous serez les meilleures.

— Les Amy feront la loi ! s'exclama Numéro Cinq avec un cri de joie.

Au grand désarroi d'Amy, deux autres filles semblaient gagnées par cet enthousiasme. Inutile d'espérer passer à l'attaque pour le moment. Il ne lui restait que cinq alliées... Mais, au fait, seules sept Amy étaient présentes !

— Où est Numéro Trois ? demanda Amy.

Le Dr Markowitz prit un air triste.

— Je dois avouer avec regret que nous avons dû nous séparer d'elle. Il devait y avoir un défaut dans sa structure génétique, et elle n'avait pas votre potentiel. Comme nous ne pouvions rien en faire, nous l'avons renvoyée chez elle.

— Quels autres tests devrons-nous subir ? demanda une des filles.

Comme Amy ne croyait pas un mot de ce que cette femme leur disait, elle ne fit même pas l'effort d'écouter. Elle pensait à Numéro Trois.

Elle n'avait pas eu le temps de bien connaître cette fille timide et craintive. Mais Amy Trois lui avait paru si douce qu'elle avait eu envie de la protéger. Sans doute fallait-il se réjouir de la savoir chez elle, saine et sauve. Cependant, elle lui manquerait...

10

Amy se concentrait le plus possible. Que fallait-il faire pour les convaincre que le Dr Markowitz n'était ni Mary Poppins, ni la mère Noël, ni même une grand-mère gâteau ?

Heureusement, deux d'entre elles ne s'étaient pas laissé embobiner ; pendant que les autres Amy restaient collées devant l'écran géant de la télévision en mangeant du pop-corn, Numéro Un et Numéro Huit rejoignirent en effet Amy près de la fenêtre.

— On sait maintenant que le vernis à ongles marche bien, dit Amy.

— Oui, car si le Dr Markowitz avait appris ce qu'on complotait, elle nous aurait certainement séparées, approuva Numéro Un.

Numéro Huit examinait les barreaux de la fenêtre.

— Tu crois que ce serait difficile de les tordre ?

— Chut ! dit Amy en faisant un signe de tête en direction des autres filles. N'oubliez pas qu'elles ont une ouïe extraordinaire, elles aussi. Et, comme elles sont toutes folles du Dr Markowitz, elles n'hésiteront pas à nous dénoncer si elles apprennent qu'on projette toujours de nous échapper.

— Qu'est-ce qu'elles regardent ? demanda Numéro Un.

— Une vidéo, répondit Numéro Huit. Je crois que c'est *Grease*.

Amy sursauta.

— Quant aux barreaux, reprit-elle d'une voix à peine audible, je pense qu'en nous y mettant à quatre pour tirer dessus, on devrait réussir à les écarter suffisamment pour passer.

— Et après ? demanda Numéro Huit. Tu as vu à quelle hauteur on est ?

— J'ai une idée, dit Amy. Vous êtes déjà allées au cirque ? Vous avez vu les acrobates ? Ils s'accrochent les uns aux autres par les chevilles. Et ils peuvent descendre de très haut comme ça, en se suspendant par les mains et par les chevilles.

— Je n'ai jamais fait de gymnastique, répliqua Numéro Un en blêmissant.

— C'est juste une question de force et d'équilibre, reprit Amy. Je t'assure que tu es naturellement apte à le faire. Regarde la façade de cet immeuble. Tu vois les rebords qu'il y a sous chaque fenêtre ? On peut descendre le long jusqu'en bas. Et je vous jure que chacune de nous ici est assez forte pour tenir suspendue à ces saillies avec six filles accrochées à elle.

Numéro Huit lui lança un regard sceptique.

— Écoute-moi bien, insista Amy. Si les acrobates peuvent le faire, nous aussi.

— Il faudra qu'on s'y mette toutes les sept pour arriver au premier rebord, dit Numéro Un en regardant par la fenêtre.

— Je le sais, répondit Amy. C'est pourquoi il faut convaincre les autres de nous suivre.

— Elles feront comme Numéro Cinq, remarqua Numéro Huit. C'est elle que nous devons persuader.

Amy voyait avec beaucoup d'agacement l'emprise que Numéro Cinq exerçait sur les autres. Après tout, Amy n'était-elle pas la seule ici à connaître les pouvoirs que leur conférait le clonage ? Mais elle devait reconnaître que Numéro Cinq avait du style, et un sens certain du commandement.

Amy la fixa en essayant d'accrocher son regard. Numéro Cinq finit par détacher les yeux de l'écran pour les tourner dans leur direction. Amy lui fit signe de venir les rejoindre.

Elle avait finalement décidé de jouer franc jeu. Numéro Cinq était aussi intelligente qu'elle : elle respecterait sûrement ses opinions.

— Je comprends ce que tu éprouves, mentit Amy afin de ne pas la vexer. C'est exaltant de découvrir qu'on est spécial et d'avoir quelqu'un comme le Dr Markowitz pour nous aider.

— Tu m'étonnes ! répondit Numéro Cinq. Je ne me vois pas dire à mes parents que je suis plus intelligente, plus forte, plus rapide qu'eux et que je peux tout faire mieux qu'eux ! Je ne crois pas qu'ils apprécieraient.

— Mais ils ne te manquent pas ? demanda Numéro Un.

— On n'est là que depuis deux jours, répondit Numéro Cinq en haussant les épaules.

Seulement deux jours ? Amy avait perdu toute notion du temps...

— Ça n'empêche que certaines d'entre nous aimeraient bien rentrer chez elles, continua Amy.

— Quelles débiles ! ricana Numéro Cinq. Vos parents, vos familles ne peuvent pas vous aider à réaliser votre potentiel. Jamais ils ne comprendront à quel point on est spéciales. On a besoin du Dr Markowitz si on veut progresser comme on le mérite.

— Mais on n'a que douze ans, souligna

Numéro Huit. On ne peut pas être président des États-Unis, ni reine d'Angleterre ni Madonna. On n'a même pas le droit d'avoir un emploi à notre âge ! Oh, non ! gémit-elle brusquement, voilà encore le zombie !

La fille en blouse rose se tenait devant la porte et faisait signe à Numéro Huit de venir.

— Les tests de maths, tu te souviens ? dit Numéro Cinq. Le Dr Markowitz nous en a parlé.

— Ne pars pas sans moi ! lança Numéro Huit à Amy avant de s'en aller.

— Tu sais qu'elle a raison, dit Amy à Numéro Cinq. On a des capacités mais on ne pourra les exploiter pleinement que quand on sera adultes.

— Le Dr Markowitz n'a pas l'intention de nous garder jusque-là, quand même ? s'inquiéta Numéro Un.

— Aucune idée, riposta Numéro Cinq. Je n'en sais pas plus que vous.

— En tout cas, moi, ce que je sais, c'est que certaines d'entre nous préféreraient être avec leurs parents et leurs amis, dit Numéro Un.

— Pas nous ! rétorqua Numéro Cinq. Tu n'as qu'à t'en aller.

— Arrête ! protesta Amy. Tu sais très bien qu'on ne nous laissera pas partir.

Numéro Cinq dut reconnaître qu'elle avait raison.

— C'est parce qu'il est dans notre intérêt de rester.

— Mais on ne veut pas, insista Amy. Et on a trouvé un moyen de nous sauver par la fenêtre.

Elle mit Numéro Cinq au courant de leur plan.

— Ouais, c'est possible, mais n'espère pas me faire mettre un pied sur ce rebord, objecta celle-ci. On n'est pas immortelles. D'après moi, il vaut mieux rester ici pour le moment, et j'aurais préféré qu'on soit toutes d'accord. C'est toi qui veux faire bande à part.

Elle rejoignit le groupe qui regardait le film.

— Il faut être à combien pour tordre ces barreaux ? demanda Numéro Un en se penchant de nouveau à la fenêtre.

— Je n'en sais rien, dit Amy. Si on faisait un essai ?

— Attends ! Il y a quelqu'un qui arrive.

C'était encore la fille en rose et ce fut sur Amy qu'elle pointa le doigt.

— C'était facile ! lança Numéro Huit qui arrivait juste derrière elle. Des fractions. Et c'est avec un autre médecin. Un jeune.

Amy sortit dans le couloir. Cette fois, au lieu

126

de suivre la fille, elle marcha à côté d'elle pour essayer d'engager la conversation.

— Qu'est-ce qu'il y a au dîner ? demanda-t-elle.

Pas de réponse. La fille ne paraissait même pas avoir entendu sa question.

Était-elle sourde, elle aussi, comme le médecin ? se demanda Amy.

— Vous aimez votre travail ? lui cria-t-elle dans les oreilles.

Toujours rien.

Amy bondit devant elle, les pouces plantés dans les oreilles, et agita les doigts en grimaçant.

— Na na na na nère !

La fille s'arrêta mais son expression resta toujours aussi... inexpressive. Et dès qu'Amy s'écarta de son chemin, elle se remit à avancer. Amy en resta bouche bée.

La fille s'arrêta de nouveau. Une porte s'était ouverte dans le couloir, lui bloquant le passage pour laisser place à une autre fille en robe rose. Identique.

Pétrifiée, Amy n'en croyait pas ses yeux. La nouvelle venue ne sembla pas remarquer son existence, et les deux filles en rose s'ignorèrent totalement. Celle qui venait de sortir laissa la porte se refermer derrière elle.

Amy se précipita pour la bloquer du pied. Les deux filles continuèrent à suivre le couloir et disparurent au coin.

La main sur la poignée de la porte, Amy prit une profonde inspiration pour rassembler ses idées. Que trouverait-elle dans cette pièce ? Toute une rangée de zombies en blouses roses ? Elle se glissa à l'intérieur.

La pièce ressemblait au cabinet d'un médecin ordinaire, très propre et bien brillante, avec un évier, des placards et du matériel médical. Au centre de la pièce se trouvait une civière recouverte d'un drap blanc. Amy eut aussitôt le désagréable pressentiment qu'il y avait quelque chose ou plutôt quelqu'un sous le drap.

Elle crut entendre une respiration : ce n'était en fait que son propre souffle. Les jambes raides, elle s'approcha du brancard.

Elle vit un bras qui dépassait. Et un bracelet en plastique autour du poignet.

Amy savait déjà ce qu'elle y lirait. Elle avança cependant, prit la main froide et la retourna pour voir le numéro. C'était le trois.

Une vague de chagrin la submergea. Il ne s'agissait pas d'une quelconque fille du Kansas dont elle avait fait la connaissance seulement la veille, mais d'une Amy, d'une sœur.

Les larmes lui brûlaient les yeux. Si rien

n'avait pu convaincre Numéro Cinq et les autres des intentions réelles du Dr Markowitz, elle tenait là une preuve irréfutable. Elles étaient toutes des Amy, toutes liées entre elles, et elles réagiraient à ce sinistre spectacle... à cette mort... exactement comme elle. Il fallait qu'elles voient leur sœur morte.

Amy fit un effort pour lâcher la main raide. Puis elle courut à la porte. Il fallait agir vite, elle ne pouvait pas prendre le risque de se faire repérer. Elle devait ramener les autres ici avant qu'on ne s'aperçoive qu'elle ne s'était pas présentée à son test de maths. Grâce à ses dons, elle regagna la salle de jeux en deux secondes.

Seulement, quand elle y arriva, c'était trop tard. Candy se tenait juste devant la porte.

— Avais-tu réellement l'intention d'escalader la fenêtre ? demanda-t-elle tristement. Est-ce que tu te rends compte combien c'est dangereux ? Tu te serais tuée !

— Au lieu d'attendre que vous vous en chargiez ? rétorqua Amy.

Candy claqua la langue.

— Elle est vraiment très vilaine, cette jeune demoiselle. Je regrette mais nous devons te remettre au cachot. C'est pour ton bien.

— Je ne crois pas, reprit Amy en écrasant le pied de Candy de toutes ses forces.

L'infirmière poussa un cri. Alors Amy, passant devant elle, ouvrit la porte de la salle de jeux.

— Ils ont tué Numéro Trois ! hurla-t-elle. Venez avec moi !

Malheureusement, il n'y avait personne dans la pièce.

11

Candy s'était effondrée sur le sol. On aurait dit un animal blessé.

— Où sont-elles ? hurla Amy. Où sont les autres Amy ?

— Je crois que tu m'as cassé le pied, gémit Candy en secouant la tête. Vilaine fille !

— Dites-moi où elles se trouvent pendant qu'il vous reste encore un pied valide !

Les gémissements de Candy redoublèrent. Mais Amy avait d'autres chats à fouetter. Elle plongea la main dans la poche de l'infirmière, y prit le trousseau de clés et détala.

Candy se mit à hurler au moment où Amy arrivait à l'angle du couloir. Elle aperçut alors le Dr Zyker à l'autre bout, qui fermait à clé la porte de sortie.

Évidemment, les cris étaient sans effet sur lui. Néanmoins, dans une seconde, Amy serait dans son champ de vision, et il ne souffrait d'aucun problème de vue...

Amy entendit alors quelqu'un arriver derrière elle et pivota, les poings serrés, prête à passer à l'attaque. Mais ce n'était qu'une fille en blouse rose, qui glissait comme si elle était sur pilotage automatique. Elle ne gênerait pas Amy. Et peut-être même...

Amy plongea derrière elle, in extremis. Quand le Dr Zyker se retourna, il ne vit qu'une fille en blouse rose qui conduisait une Amy de plus à un test quelconque. Il les croisa sans même leur adresser un regard.

Hélas, il verrait bientôt Candy affalée sur le sol. Et, s'il savait lire sur les lèvres, il se jetterait aussitôt à la poursuite d'Amy.

Elle courut vers la porte surmontée du panneau SORTIE et s'aperçut, désemparée, qu'il y avait au moins une douzaine de clés accrochées au trousseau qu'elle avait pris dans la poche de Candy.

Elle observa la serrure et étudia les clés, constatant au passage qu'elle possédait un autre don, celui de reconnaître, à la forme de la serrure, la clé qui lui correspondait. C'était une découverte d'autant plus géniale qu'elle entendait déjà les pas du Dr Zyker qui la poursuivait. Elle franchit la porte et dévala l'escalier.

132

Elle venait de descendre la première volée de marches lorsqu'elle sentit un souffle imperceptible sur son visage. Un courant d'air ! On avait ouvert une porte non loin de là. Elle regarda par-dessus la rampe, et entrevit une silhouette connue qui disparaissait par la porte à l'étage au-dessous.

Il fallait qu'elle prenne une décision. Devait-elle poursuivre le Dr Markowitz ? Ou continuer à descendre l'escalier en espérant sortir du bâtiment et trouver des gens qui pourraient l'aider ?

Mais cela risquait de prendre du temps. Assez pour que le Dr Markowitz s'aperçoive de sa fuite et transfère les autres Amy ailleurs. Amy pourrait sans doute s'échapper. Mais ses sœurs ? Elle ne pouvait pas les abandonner.

Une clé tournait dans la serrure à l'étage au-dessus. Elle poussa la porte par laquelle avait disparu le Dr Markowitz et aperçut au même moment un battant qui se refermait à l'autre bout du couloir.

Elle courut, espérant que le Dr Zyker la croirait descendue jusqu'en bas. En approchant de la porte que venait de franchir le Dr Markowitz, elle vit que la partie supérieure en était vitrée. Alors elle parcourut les derniers mètres à quatre pattes et vint appuyer l'oreille au battant mais n'entendit pas un seul bruit.

Elle leva la tête avec précaution pour glisser un œil par la vitre. Le bureau devait avoir une bonne isolation phonique car le Dr Markowitz se trouvait bien à l'intérieur. Elle n'était pas seule. Le long du mur étaient alignées trois filles identiques en blouses roses et, en face d'elle, une Amy dont le bracelet de plastique apparaissait clairement : Numéro Cinq.

Elle devait passer son test de maths. Mais Numéro Huit n'avait-elle pas dit que c'était un jeune médecin qui s'en occupait ?

Si elle n'entendait rien, Amy voyait le visage du Dr Markowitz. C'était le moment ou jamais de s'exercer à la lecture sur les lèvres...

Elle ne voyait pas les lèvres de Numéro Cinq, mais elle remarqua le geste qu'elle fit en direction des filles en rose.

— Ce sont les restes d'une expérience précédente, un coup d'essai, si on peut dire, répondit le Dr Markowitz. Sur le plan physique, c'était une réussite, mais nous avons eu des problèmes avec les cellules cérébrales qui ne se sont pas reproduites correctement. Elles ne peuvent répondre qu'à des ordres transmis par des impulsions électriques. Elles n'ont aucune capacité cognitive ni aucune perception sensorielle. Regarde.

Le médecin se pencha et pinça une des trois filles. Celle-ci ne réagit pas.

— Voilà pourquoi nous voulions vous tester, les Amy, continua-t-elle. Pour comprendre où nous nous sommes trompés.

Numéro Cinq devait avoir parlé, car le Dr Markowitz secoua la tête.

— Non, vous ne risquez pas d'être endommagées. Aucune de vous. Ce qui est arrivé à Numéro Trois... j'en suis vraiment désolée. Nous n'aurions jamais imaginé que le fait d'avoir grandi dans un environnement très tranquille la rendrait moins apte à neutraliser le bruit. Et encore moins que cela pourrait la tuer. Crois-moi, nous ne voulons perdre aucune d'entre vous. Vous représentez l'avenir. Nous ne pourrons jamais atteindre notre but sans vous. Tu comprends ?

Numéro Cinq acquiesça et le Dr Markowitz parut satisfaite.

— Maintenant, qu'as-tu découvert sur Numéro Deux ?

Baissant la tête, le médecin prit des notes.

— Je vois... oui, oui... Elle n'avait donc aucune conscience de ses dons physiques, uniquement de ses capacités sensorielles ? Intéressant. Et qu'as-tu appris sur Numéro Quatre, celle qui vient d'Espagne ? C'est remarquable qu'elle n'ait plus aucun accent. Sais-tu si elle parle d'autres langues ?

Elle continuait à griffonner les réponses que lui donnait Amy Cinq.

— Et Numéro Sept. Elle m'inquiète. C'est une rebelle et j'ai peur que ce ne soit contagieux. Je ne veux pas qu'elle monte les autres contre nous. Comment a-t-elle l'intention de s'enfuir ?

Une minute s'écoula.

— Par la fenêtre ? Non, elle n'y arrivera jamais. Elle se tuera ainsi que toutes celles qui voudront la suivre. Je ne sais franchement pas comment la prendre, celle-là. Pourrais-tu tenter de la raisonner ? Tu veux bien essayer encore une fois ?

Amy n'en revenait pas. Numéro Cinq ne se contentait pas de coopérer... elle collaborait ! Pour une raison qui lui échappait et qui, de toute façon, ne pouvait être que mauvaise, elle trahissait ses sœurs.

Écœurant. Qu'est-ce que le Dr Markowitz avait pu lui promettre pour qu'elle trompe ainsi ses semblables ? Qu'est-ce qui avait bien pu transformer une Amy en indicateur ?

Amy était si désemparée qu'elle ne vit pas

venir le danger : elle fut brusquement ceinturée, les deux bras plaqués en arrière.

Elle se débattit férocement mais l'homme la tenait bien. Il donna un coup de pied dans la porte, et le Dr Markowitz bondit de son siège.

— Où l'avez-vous trouvée ?

— Là, dans le couloir, en train de vous espionner.

En entendant la voix de l'homme, Amy comprit que ce n'était pas le Dr Zyker. Ce devait être le troisième médecin, celui qu'elle ne connaissait pas.

Pourtant cette voix lui paraissait vaguement familière. Elle leva la tête.

— Monsieur Devon !

12

— Non, elle s'appelle Candler, pas Chandler. Il n'y a pas de *h*. Nancy Candler. Elle participe au congrès de biologie. Pardon ? Que dites-vous ? La ligne est mauvaise. Pouvez-vous répéter ?

Mme Morgan avait décidément bien du mal à comprendre ce qu'on lui disait au téléphone.

— Très bien. Oui, je vois. Je réessaierai dans cinq heures. Mais si Mme Candler revenait plus tôt, pourriez-vous lui demander de me rappeler, s'il vous plaît ?

Elle donna son nom, son numéro et raccrocha.

— Il sera minuit chez nous, murmura-t-elle en jetant un coup d'œil à sa montre.

— Qu'est-ce qu'on t'a dit ? demanda Éric.

— Les conférenciers sont partis faire du camping. On ne peut absolument pas les joindre. Ils seront de retour à l'hôtel à six heures du matin.

— Maman, et si on allait à l'hôpital ? supplia Natasha.

— On ne nous laissera pas la voir, ma chérie. Et le médecin dit qu'il n'y a rien à craindre. Elle a un peu de fièvre, mais son état est stationnaire.

Éric arpentait la chambre de long en large.

— Ça fait deux jours qu'elle est là-bas ! Ils n'arrivent pas à la soigner ? Je le crois pas ! C'est quoi, ces médecins minables qu'ils ont à New York ?

— Ils ne savent pas ce qu'ils doivent soigner, répondit Mme Morgan. Le médecin m'a dit qu'ils étaient sûrs qu'il s'agissait d'une substance toxique, mais ils ne parviennent pas à trouver laquelle. On lui a fait passer des centaines de tests, mais tous étaient négatifs. S'ils savaient à quoi ils ont affaire, ils pourraient lui donner un antidote.

— Et s'ils ne trouvent pas ? demanda Natasha d'une voix anxieuse.

— Eh bien, ils espèrent que les effets se dissiperont d'eux-mêmes.

— Et si ce n'est pas le cas ? insista Éric, le regard dans le vague. Elle risque de mourir ?

La porte de la suite s'ouvrit et M. Morgan entra. Lui aussi arborait une mine grave.

— Je suis passé à l'hôpital, annonça-t-il avec un sourire forcé. Il n'y a rien de nouveau. Et, comme on dit, pas de nouvelles, bonnes nouvelles, n'est-ce pas ?

Il fallait plus que son ton enjoué pour remonter le moral à Natasha.

— As-tu les billets pour votre match de basket ? demanda Mme Morgan à son mari. Je crois que Natasha et moi irons au petit restaurant français en face. Qu'en dis-tu, Natasha ?

Celle-ci haussa les épaules. Elle avait la gorge tellement serrée qu'elle se sentait incapable d'avaler quoi que ce soit.

— J'ai nos deux places, dit M. Morgan. Mais, pour être franc, je suis épuisé, ce soir. Vous savez ce qui me ferait vraiment plaisir ? Nous faire monter un repas et manger devant la télévision.

— Bonne idée, approuva Mme Morgan. Moi aussi, je suis fatiguée. Et j'aimerais bien être là si Nancy appelle.

— Le problème, c'est que j'ai acheté les billets, reprit M. Morgan. Ils m'ont coûté une fortune. Si tu allais au match avec ton frère, Natasha ?

— Tu veux envoyer les enfants tout seuls au

Madison Square Garden ! s'écria Mme Morgan, outrée.

— Pourquoi pas ? Éric a quatorze ans, il est raisonnable. Ils prendront un taxi. Éric, tu te sens capable de le faire, non ?

— Bien sûr, répondit le garçon, sans enthousiasme.

— Ça ne me dit rien du tout, le basket ! protesta Natasha.

— Eh bien, comme je ne veux pas qu'Éric y aille tout seul, dit M. Morgan, ennuyé, il ne me reste plus qu'à prendre mon courage à deux mains...

— Ma chérie, insista Mme Morgan en s'asseyant sur l'accoudoir du fauteuil de sa fille, tu sais combien ton frère serait déçu de ne pas voir les Knicks. Et ton père est horriblement fatigué.

— Comment pourrais-je assister à un match de basket alors qu'Amy est sur un lit d'hôpital ? explosa Natasha.

— Ça ne servira à rien que tu restes ici. Et je pense que ça te fera du bien. Ça te changera les idées.

Natasha était furieuse. Un match de basket pourrait peut-être faire oublier à son frère la situation dans laquelle se trouvait Amy, mais elle, elle aimait trop son amie pour se laisser distraire par un ballon. Cependant, elle n'avait aucune envie de rester avec ses parents. Son père voudrait lui remonter le moral et sa mère ferait un tas d'histoires si elle ne mangeait pas.

— D'accord, d'accord, marmonna-t-elle. J'y vais.

On frappa à la porte et Mme Morgan alla ouvrir.

— Bonsoir, Jeanine, entre. Comment s'est passé le concours ?

— Bien, je crois, répondit la jeune fille d'un air encore plus satisfait que d'habitude. Évidemment, je ne le saurai que jeudi soir lorsqu'on annoncera le nom des vainqueurs.

— Ça ne t'intéresse pas de savoir comment va Amy ? demanda Natasha.

— Bien sûr que si ! s'exclama Jeanine. Seulement, chaque fois que je pense à elle...

Elle renifla, comme si elle était sur le point d'éclater en sanglots.

— Il n'y a rien de nouveau, dit Mme Morgan. Ça ne va pas plus mal, apparemment.

— C'est déjà ça, soupira Jeanine. Quel dommage qu'elle ait manqué le concours !

— Oh, Jeanine, ne joue pas...

— Natasha ! intervint sa mère d'un ton menaçant.

Natasha se mordit la langue. Puis, observant

Jeanine, elle remarqua qu'elle n'avait plus le croissant de lune d'Amy autour du cou. Sans doute n'avait-elle pas besoin de ça pour lui porter bonheur !

— Il y a une fête ce soir pour tous les concurrents, reprit Jeanine. On peut amener des invités. Éric, ça te ferait plaisir de venir ? Et toi aussi, Natasha, ajouta-t-elle précipitamment.

— On va à un match de basket, répondit Éric.

Finalement, Natasha était ravie d'avoir accepté de l'accompagner. Sinon, sa mère l'aurait harcelée pour qu'elle assiste à cette soirée idiote avec Jeanine. Éric était tout de même d'une meilleure compagnie que Jeanine !

Avant de partir, Éric et Natasha durent écouter un déluge de recommandations.

— J'ai appelé le concierge, et il a réservé une voiture qui vous conduira au Madison Square Garden et reviendra vous chercher après le match, expliqua Mme Morgan. Ne parlez pas à des inconnus et ne traînez pas dans le stade. Gagnez directement vos places et restez-y. Et, si vous avez le moindre problème, adressez-vous à un policier.

Après avoir assuré à leurs parents qu'ils survivraient à cette sortie, ils quittèrent la pièce. Une fois dans le couloir, Natasha vit que la chambre de Jeanine était ouverte. L'employée qui avait monté le repas de leurs parents apportait un autre plateau de nourriture à l'intérieur. Elle reconnut Natasha et ne dit rien en la voyant entrer dans la chambre.

Natasha entendit le bruit de la douche. Elle n'avait aucune envie d'attendre que Jeanine sorte de la salle de bains. Jetant un rapide coup d'œil autour d'elle, elle se dirigea vers la commode. Elle ouvrit un tiroir. Le croissant de lune était là. Natasha le prit sans hésiter une seconde. Mais, au moment de refermer le tiroir, quelque chose accrocha son regard : une enveloppe blanche qui dégageait une odeur très prononcée.

Natasha fronça les sourcils. D'ordinaire on ne parfumait pas les tiroirs avec ce genre de senteurs...

— Éric ! appela-t-elle doucement.

— Dépêche-toi, dit-il en entrant dans la chambre. Je ne voudrais pas rater le match.

— Éric, viens sentir ça.

— Quoi ?

— Cette enveloppe. Tu reconnais cette odeur ?

Éric renifla.

— Ouais, ça sent le...

— Toast à la cannelle, dirent-ils d'une seule voix.

— Tu te souviens de la réunion au collège ? continua Natasha. De cette nouvelle drogue qui sent le toast à la cannelle ?

— Tu crois que Jeanine se drogue ! s'exclama Éric.

— Non, elle est bien trop maligne pour risquer de porter atteinte à sa santé. Mais je pense que ça ne la dérangerait pas de faire du mal à quelqu'un d'autre.

Soudain, Éric saisit ce que sa sœur sous-entendait.

— Tu crois qu'elle...

Natasha avait entendu la douche s'arrêter. Elle prit l'enveloppe et quitta la chambre précipitamment, Éric sur ses talons. Ils descendirent en vitesse dans le hall et sautèrent dans le taxi qui les attendait pour les conduire au Madison Square Garden.

Éric ne souleva aucune objection lorsque Natasha demanda au chauffeur de les conduire à l'hôpital.

Amy dévisageait M. Devon sans en croire ses yeux. Cet homme qui avait déjà surgi plusieurs fois dans sa vie, jouant des rôles différents, comme principal adjoint ou maquilleur, réapparaissait brusquement. Elle n'avait jamais su avec certitude à quel camp il appartenait, mais, jusqu'à présent, il l'avait toujours aidée. Que lui réservait-il donc cette fois-ci ?

— Voici le Dr Franklin, Amy, dit le Dr Markowitz. C'est un membre du Programme, lui aussi. Que faisais-tu dans le hall ? Pourquoi n'étais-tu pas avec les autres ?

— Elle devait venir passer son test de maths avec moi, répondit M. Devon alias le Dr Franklin. Je l'emmène à mon bureau.

— Parfait, répondit le Dr Markowitz.

Amy n'en était pas si sûre. M. Devon était-il là pour la sauver ? Ou faisait-il partie de l'Organisation ?

Elle le saurait plus tard... Car, pour le moment, elle avait une fenêtre ouverte et sans barreaux juste devant elle. Alors, elle banda ses muscles, se dégagea brusquement de la poigne de M. Devon et traversa la pièce en courant.

— Arrêtez-la ! hurla le Dr Markowitz.

Numéro Cinq tenta de lui bloquer le passage. Mais Amy connaissait mieux sa force que son clone. Elle la repoussa d'un coup de pied et, moins d'une seconde plus tard, elle se balançait, accrochée à l'appui de la fenêtre.

— Ne bouge plus ! entendit-elle le Dr Markowitz lui crier. Tu vas te tuer !

Elle trouva une brique qui dépassait du mur et s'y cramponna. Cherchant une autre prise, elle baissa les yeux. Sa tête se mit à tourner et elle eut la nausée. Elle n'avait jamais eu le vertige auparavant, mais elle ne s'était jamais non plus retrouvée suspendue à une brique à une telle hauteur au-dessus du vide.

Et, de plus, à une brique *descellée*.

Elle était en train de glisser, quand elle entendit un cri et réussit à s'accrocher au rebord de la fenêtre.

Elle leva les yeux. Ils étaient là tous les trois, le Dr Markowitz, Amy Numéro Cinq et Devon. Le médecin était visiblement bouleversé. Numéro Cinq semblait déconcertée. Seul M. Devon restait totalement impassible.

Le Dr Markowitz se pencha, saisit le poignet d'Amy et tira. Mais Amy se cramponnait fermement à la corniche.

— Numéro Cinq, tu es plus forte que moi, cria le médecin. Remonte-la !

Numéro Cinq obéit et saisit l'autre poignet d'Amy qui se sentit légèrement soulevée.

— Je ne peux pas y arriver toute seule ! cria Numéro Cinq.

— Je vais chercher les autres, dit M. Devon. Elles pourront faire une chaîne.

Amy baissa les yeux. La corniche suivante ne devait pas être bien loin.

Une bouffée de vertige la submergea. Elle ne voyait plus aucune fenêtre sur cette façade du bâtiment. Le mur était en brique plate jusqu'en bas. Il n'y avait absolument rien à quoi s'accrocher.

— Tu es folle, tu sais, la sermonna Numéro Cinq. Tu n'as donc rien compris ? On pourrait diriger le monde !

— Tu joues leur jeu, répliqua Amy. Ce sont eux qui veulent diriger le monde ! Ils ont seulement l'intention de se servir de nous !

— Et alors ? Nous sommes plus fortes, plus intelligentes qu'eux. (Elle jeta un regard par-dessus son épaule.) S'ils nous ennuient, on s'en débarrassera. Réfléchis, Amy ! On peut virer tous ceux qui nous gênent !

— Personne n'a le droit de posséder un tel pouvoir ! riposta Amy. Ni eux ni nous !

— Tu es nulle ou quoi ? On est dans le même camp ! siffla Numéro Cinq en resserrant son étreinte.

— Où sont le Dr Franklin et les autres Amy ? demanda la voix du Dr Markowitz au loin.

— Je ne suis pas de ton côté, Numéro Cinq, déclara Amy. Je te combattrai comme eux !

— Tu sais que tu es franchement pénible, Numéro Sept ! reprit Numéro Cinq en plissant les yeux.

Et elle lâcha la main d'Amy ; un instant, celle-ci fut soulagée. Mais, se servant de la force qu'elle venait de se découvrir, Numéro Cinq la poussa brutalement dans le vide.

13

Tomber n'était pas si pénible. Elle avait l'impression de s'être libérée, comme si elle sortait de prison. Et elle n'avait pas vraiment peur. Surtout quand elle s'aperçut que M. Devon était en dessous, prêt à la rattraper. Mais comment était-ce possible ?

— Amy... Amy...

Elles l'appelaient toujours, le Dr Markowitz, Numéro Cinq, toutes les autres Amy...

— Amy... Amy...

Elle fit un effort de concentration. Ce n'était pas une voix de fille mais de garçon, une voix qu'elle avait déjà entendue quelque part... Éric ?

— Maman, regarde, je crois qu'elle ouvre les yeux !

C'était Éric. Et Natasha... et M. et Mme Morgan... et une infirmière qu'elle n'avait jamais vue.

— Qu'est-ce qui se passe ? demanda Amy. Où on est ?

Sa vue commençait à s'éclaircir et elle reconnut la chambre d'hôpital. Elle était déjà venue ici...

Elle voulut s'asseoir.

— Hé, doucement ! dit Éric. Tu as été malade.

— C'est vrai ?

— C'est Jeanine, dit Natasha. Elle t'a empoisonnée avec cette nouvelle drogue qui sent le toast à la cannelle.

— Voyons, Natasha, intervint Mme Morgan, tu n'en as aucune preuve.

— Mais, maman, on a trouvé la drogue dans son tiroir ! protesta Éric. On l'a apportée ici pour que les médecins l'analysent. Et ensuite ils ont pu lui administrer un antidote.

— Jeanine prétend que la drogue lui a été donnée par un autre candidat du concours de dissertation, expliqua Mme Morgan. Et elle avait l'intention de la remettre aux responsables pour qu'il soit éliminé.

— Ta santé n'a jamais été en danger, Amy, dit alors l'infirmière. Mais nous ne pouvions pas te laisser repartir tant que tu avais ces malaises.

— Comment ça, des malaises ? demanda Amy. J'en ai eu plusieurs ?

— Le médecin nous a dit que tu ne restais jamais consciente très longtemps, indiqua Mme Morgan.

— Mais tout ira bien maintenant, assura l'infirmière. En fait, si tu te sens suffisamment forte, tu peux partir aujourd'hui. Le médecin a déjà signé ta feuille de sortie.

— Quel docteur ?

— Le Dr Markowitz, bien sûr, répondit l'infirmière.

— C'est elle qui s'est occupée de toi depuis ton admission, dit Mme Morgan. Elle a été très gentille, elle nous a constamment tenus au courant.

La porte s'ouvrit.

— Voilà ton déjeuner, dit Natasha. Berk ! Ça n'a pas l'air très appétissant.

Amy ne regardait pas la nourriture mais la fille en blouse rose qui l'apportait. Quand elle fut suffisamment près du lit, Amy la pinça au bras.

— Aïe !

La fille s'écarta en la regardant d'un air inquiet.

— Je suis désolée, s'excusa aussitôt Amy. Je ne sais pas ce qui m'a pris.

— Tu dois être encore un peu dans les vapes, dit Natasha.

— Te sens-tu assez en forme pour rentrer ? s'inquiéta M. Morgan.

— Absolument, affirma Amy en s'asseyant au bord du lit.

— J'ai mis vos vêtements juste à côté, indiqua l'infirmière en l'aidant à se mettre debout.

— Nous t'attendons dehors, dit Mme Morgan. Venez, tout le monde.

L'infirmière lui apporta ses vêtements et Amy s'habilla.

— Il y avait une autre infirmière quand je suis arrivée, dit-elle d'un ton désinvolte. Elle s'appelait Candy. Vous la connaissez ?

— Bien sûr que je la connais. Elle n'est pas là aujourd'hui. La pauvre s'est cassé le pied.

— C'est vrai ? murmura Amy.

Pourtant ce n'était qu'un rêve. Une hallucination provoquée par la drogue. Ce pied cassé ne pouvait être qu'une coïncidence...

Amy sortit de la chambre et rejoignit la famille merveilleusement normale qui l'attendait. Elle allait reprendre contact avec la vie, une vie pas si normale que ça.

(À suivre...)

REPLICA

Cet ouvrage a été composé par
PCA - 44400 REZE

Imprimé en France sur Presse Offset par

BRODARD & TAUPIN